Warum wir Günter umbringen wollten

Für Anneliese, Friedrich-Wilhelm und Adolf

Mein Buch ist ein Roman. Ähnlichkeiten mit lebenden oder verstorbenen Personen, mit Orten oder tatsächlichen Begebenheiten wären rein zufällig.

H. Sch.

Hermann Schulz

Warum wir Günter umbringen wollten

Mit Bildern von Maria Luisa Witte

ALADIN

In der Geschichte benutzt der Autor Worte wie »Neger« und »Zigeuner« im Sprachgebrauch des Jahres 1947. Auch gibt er Vorurteile seiner jungen Protagonisten wieder.
Er vertraut auf wache Leserinnen und Leser, denen bewusst ist, dass es sich um diskriminierende Bezeichnungen und Äußerungen handelt.

1

Als es passierte, lebte ich schon seit vier Jahren bei verwandten Bauern südlich von Lüneburg. Obwohl ich weder ein Waisenkind war wie Luise noch ein Findling mit geheimnisvoller Herkunft.

Zwischen meinen Eltern und mir hatte es nur noch Zankerei und gegenseitiges Belauern gegeben. *Wie feindliche Soldaten im Schützengraben,* hat mein Vater es einmal ausgedrückt. Der Alte redete gern in Vergleichen aus dem Krieg, wo sie ihm beim ersten Kampfeinsatz in Polen ein Bein weggeschossen haben. Danach hatte er mehr Zeit, sich um mich zu kümmern. Manchmal benutzte er dazu seine Krücken.

Irgendwann hatten meine Eltern meine Verstocktheit satt, wie sie es nannten, und schickten mich weg.

Mein Vater hatte mir angedroht, mich in das Internat einer Missionsgesellschaft zu stecken. Er war als Kind ein paar Jahre selbst dort gewesen *und es hätte ihm nicht geschadet.* Ob er das wirklich glaubte, weiß ich nicht.

Falls du dir darunter nichts vorstellen kannst: Es ist ein Gefängnis für Kinder, wo sie täglich prügeln und alles kontrollieren, vom Rotzabwischen bis zum Beten. Ohne Frömmigkeit zu heucheln überlebst du nicht. Ich hatte in dieser Haftanstalt einmal einen Freund aus meiner früheren Klasse besucht. Ich wurde nur vorgelassen, weil seine Mutter mich mitgenommen hatte. Er sah schon nach wenigen Monaten aus wie andere nach drei Jahren Straflager in Sibirien. Ein Wunder, dass er mich noch erkannte.

Onkel und Tante retteten mich vor der frommen Hölle. Sie hörten von meinen Schwierigkeiten zu Hause und holten mich ab. Diese Bauersleute gaben mir keinen Anlass, das böse Kind zu spielen oder ekelhaft zu sein. Außerdem war hier viel mehr los, täglich Leute um mich herum, spannende Klatschgeschichten aus der Nachbarschaft und jede Menge Tiere. Ich hätte es nicht besser treffen können! Dass ich mehr als zu Hause arbeiten musste, fand ich völlig in Ordnung. Hier arbeiteten ja alle und ich war mittendrin.

Man könnte denken, ich wollte meine Eltern als Monster darstellen. Das ist nicht meine Absicht. Ich muss zugeben, dass ich auch viel Mist gebaut hatte. Frag mich nicht, welcher Teufel mich geritten hat. Ich weiß es nämlich selber nicht.

Auf dem Bauernhof ging es mir gut. Nur meine ältere Schwester vermisste ich. Wir schrieben uns Briefe. Ich überlegte mir gut, was ich schrieb, denn ich war sicher, meine Eltern würden meine Briefe aufmachen und lesen. In besonderen Fällen benutzte ich die Adresse ihrer Freundin. Dann konnte ich ihr auch Sachen schreiben, die unsere Eltern nicht unbedingt mitkriegen sollten. Davon gab es einige. Ist ja wohl auch normal.

Meine Schwester konnte mir schreiben, was sie wollte. Wo ich jetzt lebte, machte niemand fremde Briefe auf.

Und niemand ohrfeigte mich bei jeder Gelegenheit. Hier wurde überhaupt nicht geprügelt!

Nach viereinhalb Jahren war das schöne Leben vorbei. Meine Eltern wollten mich auf eine höhere Schule schicken. Was danach kam, war nicht so toll, gehört aber nicht hierher.

Hier geht es um eine andere Geschichte.

2

Günter sah ich zum ersten Mal zwei Monate vor Ende des Krieges, Mitte Februar 1945. Da ahnte ich noch nicht, dass ich mal mit ihm zu tun haben würde.

An einem Nachmittag rückte auf der Landstraße von Brassau her der Zug der Flüchtlingswagen näher. Es war zwar Februar, aber schon ziemlich warm für die Jahreszeit. Die Planwagen rumpelten über das Kopfsteinpflaster, schwankten hin und her, streiften mit ihren Dächern die blattlosen Zweige der Apfelbäume. Die ersten hielten unter den kahlen Linden vor der Gaststätte Bartelmes. Einige Wagen rückten auf und blieben stehen, andere fuhren weiter. Frauen mit Kopftüchern und ernsten Gesichtern oder ältere Männer hielten die Zügel. Alle waren eingepackt, als kämen sie aus eisiger Kälte. Die Fremden wechselten ein paar Worte mit den Einheimischen. Was sie redeten, verstand ich nicht. Mich interessierten mehr ihre Pferde. Einige waren heruntergekommene Ackergäule, andere noch richtig gut in Schuss. Unter einem Wagen hatte jemand einen sandfarbenen großen Hund angebunden, der verhungert aussah und verzweifelte Blicke um sich warf. Je ein Strick rechts und links sorgten dafür, dass er nicht unter die Räder kam. Wer weiß, wie lange er schon in seiner Zwangsjacke steckte.

Dieser Günter saß neben einer Frau auf dem Kutschbock; vermutlich war das seine Mutter. Ihr Wagen war kleiner als die anderen, aber auch eleganter. Gezogen wurde er von einem dunkelbraunen Warmblutpferd mit Brandzeichen, dem nicht wie bei den anderen Gäulen die Knochen herausstanden. Vielleicht hatten sie genug Pferdefutter mit auf die Flucht genommen. Soweit ich das sehen konnte, waren sie allein unterwegs, keine Kinderschar oder alten Leute dabei.

Männer aus der Nachbarschaft, die nicht in den Krieg mussten, standen herum, und noch mehr Frauen. Sie guckten abweisend, die Frauen mit verschränkten Armen. Alle warteten auf den Bürgermeister, blickten in Richtung Dorfplatz, wo er denn bliebe. Endlich kam er und zog geschäftig eine Liste aus der Tasche.

Jeder Hof musste eine Familie aufnehmen. Der Bürgermeister bestimmte: der erste Wagen zu dem Hof, der nächste dorthin und so weiter. Bis neun Wagen mit neun Familien und ihren mitgebrachten Klamotten in den Toreinfahrten verschwunden waren. Ich dachte damals, jeder Hof hätte eine freie Wohnung, aber das war ein Irrtum. Ich schnüffelte in den nächsten Tagen überall herum. Die Schule hatte für unbestimmte Zeit dichtgemacht. Zuerst schliefen die meisten Fremden auf dem Heuboden, einige auf Kornspeichern. Oder in irgendwelchen Ecken im Kuhstall. Dann hämmerte oder mauerte man auf den Dachböden herum und richtete Wohnungen ein. Einmal sah ich, dass Leute über Leitern zum Schlafen in die Luken der Scheunen und Ställe krochen. Besonders für die Alten war das sicher kein Vergnügen. Ich kriegte auch

mit, dass einige Bauern neuerdings Schlösser an ihren Hühnerställen anbrachten.

»Die aus dem Osten bleiben lange hier, vielleicht für immer«, sagte mein Onkel. Er war einige Tage vorher vom *Volkssturm** zurückgekommen, einfach abgehauen. Wir saßen gerade beim Abendessen. Meine Tante war ganz aus dem Häuschen vor Freude! Er stellte seinen Karabiner an die Wand, zog seine dicke Jacke aus und setzte sich zu uns an den Tisch. Alles, was er tat, machte er ganz ruhig.

»Es ist sinnlos, jetzt noch gegen Russen oder Amerikaner zu kämpfen«, hatte er gesagt und keine Angst oder Sorge gezeigt. Obwohl es gefährlich war, ohne Erlaubnis einfach nach Hause zu gehen.

Seinen Karabiner brachte er am nächsten Morgen in die Scheune und schob das Ding unter einen Strohballen. Das habe ich zufällig mitbekommen. Später kamen englische Soldaten und suchten überall im Dorf nach Waffen, bei uns fanden sie nichts.

Ich verstand nicht, was mein Onkel meinte. Was hatten die fremden Planwagen mit dem Kriegsende zu tun? Da war ich auch noch zwei Jahre jünger, muss ich zu meiner Entschuldigung sagen.

Mich interessierten mehr die Pferde der Fremden und ob sie jetzt verkauft oder geschlachtet würden. Und ob es unter den Kindern der Flüchtlinge welche in meinem

* Auf den Seite 153-156 sind einige wenig bekannte Ausdrücke erklärt.

Alter gab und ob sie in Ordnung waren. Gleichaltrige Bauernsöhne waren hier selten. Nur mit Dietrich und Manni konnte ich etwas anfangen. Es dauerte nicht lang, bis ich mich mit Erwin und seinem Bruder Walter aus Westpreußen anfreundete. Dann mit Leonhard aus Schlesien, der schöne ältere Schwestern hatte. Familie Amselbach aus Ostpreußen hatte zwei Töchter, aber keinen Sohn. Frau Rasinski aus Pommern hatte einen älteren Sohn Paul und einen ganz kleinen, der Egon hieß. Beide zählten nicht: Zu groß der eine, zu klein der andere, um mit ihnen etwas anfangen zu können.

Der Wagen, auf dem Günter mit seiner Mutter saß, sollte damals eigentlich auch hier im Dorf bleiben. Er musste aber weiterfahren nach Klausen, weil kein Platz mehr war. Jemand hatte sich verrechnet, vermutete ich. Ich sah Günter nach ein paar Wochen in der Schule wieder. Da mussten wir schon nicht mehr mit *Heil Hitler!* grüßen.

Auf den ersten Blick schien er ganz normal zu sein. Aber er sprach undeutlich und hatte oft eine Rotznase. Er sagte wenig im Unterricht, und wenn, dann meistens stockend. Wenn die Lehrerin, Frau Goldner, ihn etwas fragte, reagierte er manchmal nicht, und alle lachten. Frau Goldner blieb trotzdem freundlich. Günter ging immer alleine nach Hause, trottete hinter den anderen Kindern aus Klausen und Roseneck her. Man kann nicht sagen, dass er beliebt gewesen wäre. Eher im Gegenteil. Er stand nur immer blöd herum und man konnte nichts mit ihm anfangen.

3

Es war mein letzter Sommer bei meinen Bauersleuten. Der Tag begann damit, dass ich morgens aufwachte, mich anzog und barfuß die steile Treppe hinunterstieg. Die Stufen knarrten. Das war jeden Morgen dasselbe, aber dieses Mal und die folgenden Tage habe ich nie vergessen können. Ich hätte es manchmal gern gekonnt. Und dann auch wieder nicht. Du wirst später wissen weshalb.

In der Küche saß mein Onkel Rudolf noch allein am Frühstückstisch. Er war ein langer hagerer Kerl mit Oberlippenbart, immer mit Maurerweste, braunen Manchesterhosen und schweren Schuhen bekleidet. Er schnitt auf einem Holzbrettchen mit seinem Taschenmesser gerade geräucherten Speck in mundgroße Stücke. Er steckte sie gemächlich, zusammen mit Brot, zwischen seine Zähne. Die waren vom Priem ziemlich braun.

Falls du Priem nicht kennst: Das Zeugs besteht aus Tabak, der so lange in eine scharfe Soße gelegt wird, bis braune Klumpen entstehen. Die werden zu Stangen gerollt und in kleine runde Stücke geschnitten; genau weiß ich es nicht. Man kaufte Priem in kleinen Döschen, darauf stand damals meistens *Hannewacker*. Mein Onkel ging nie vor die Türe, ohne Priem zwischen den Zähnen oder in der Tasche zu haben. Er spuckte oft braune Soße aus, natürlich nur draußen. Ich fand Priem scheußlich, meinen Onkel nicht.

Er war mit Speckschneiden und Essen schon fertig und leerte seine Kaffeetasse. Er steckte gerade sein Taschenmesser ein, als er unvermutet sagte:

»Junge. Draußen steht dein Pferd.«

Dass er mich meinte, merkte ich daran, dass er Hochdeutsch sprach; mit anderen sprach er Plattdeutsch. Wie alle diese gemütlichen Bauersleute.

Täglich gab es hier Überraschungen. Mein Onkel machte gern Scherze, aber ich merkte es meistens sofort. Was er gerade gesagt hatte, meinte er ernst. Weil das mit dem Pferd eine ziemlich aufregende Nachricht war, ging ich zuerst einmal vor die Tür.

Da stand tatsächlich ein fremdes Pferd angebunden. Durchhängender Rücken, dunkelbraunes Fell, das lange nicht gestriegelt worden war. Der Kopf hing fast bis auf den Boden, die Lippen schlackerten und es lief Sabber herunter. Als es einen Huf versetzte, gab es ein stumpfes Geräusch auf dem Kopfsteinpflaster.

Was mir sofort auffiel, waren seine großen flachen Hufe. Wie tiefe Teller, wenn man sie falsch herum hält. Kein einziges Eisen war daruntergenagelt, blankes Horn und an den Rändern ausgefranst. Das müsste man sofort ändern, dachte ich. Wenn der Gaul auf diesen Hornpantoffeln weitertrabt, kriegt er bald Probleme.

Mein Onkel redete mit meiner Tante noch ein paar Worte am Schweinestall, dann stieg er auf sein Fahrrad. Er fuhr wie immer ohne Hast, ganz gemächlich. Er würde irgendwo als Maurermeister Wände hochziehen oder einen Stall ausbessern. Solche Arbeiten sah man seinen großen Händen an.

Bald war er am Dorfeingang verschwunden. Später sah ich ihn zufällig über die Brücke am Bach radeln, Richtung Marlin, Weidendorf oder Salderatzen.

Während ich meine Planungen mit dem Pferd durchdachte, ging mein Großvater an mir vorbei und sagte nichts. Er sagte selten etwas zu mir. Er hielt sich an seinem Krückstock fest, humpelte durch die Gegend und guckte, ob sich jemand im Garten rumtrieb, der da nichts zu suchen hatte. Abends saß er oft in seinem Zimmer und sang laut am offenen Fenster Volkslieder oder Frommes. Das ganze Dorf hörte es, die Leute lächelten. Aber er konnte auch giftig werden! Alle haben mitgekriegt, als er besoffene englische Soldaten verprügeln wollte. Sie schossen von ihrem offenen Auto aus wie bekloppt auf die Porzellantöpfe der Stromleitungen. Ein paar Männer hielten Opa mit Mühe zurück, sonst hätten sie ihn sicher erschossen.

»Zur Arbeit taugt er nicht mehr«, meinte meine Tante manchmal. Aber sie meinte es nicht böse. Wenn sie mich sah, sagte sie etwas Freundliches.

»Geh frühstücken, min Jung!«, sagte sie jetzt zu mir. Und verschwand im Stall, um Schweinekartoffeln zu kochen. Sie war, im Gegensatz zu ihrem Mann, klein und dick.

Sie wollte ja mal fertig werden mit dem Frühstückstisch. Speck kam für mich nicht in Frage. Ich mochte ihn nicht. Dafür selbstgemachte Leberwurst. Ich beeilte mich, denn zur Schule musste ich auch noch. Die Tage waren hier immer vollgepackt.

»Bleib hier stehen«, sagte ich zum Pferd. Es rührte sich nicht, guckte aber einmal kurz zu mir hoch. Das war der Moment, als ich begann, es gern zu haben.

Um mir einen Namen für das Pferd zu überlegen, guckte ich unter seinen Bauch, ob es ein Hengst, ein Klopphengst, ein Wallach oder eine Stute war. Es war eine Stute. Klopphengste sieht man hier ganz selten.

»Am Nachmittag wollen wir zum Schmied«, sagte mein älterer Vetter Fritz. »Lotte beschlagen lassen. Das Pferd soll Lotte heißen!« Wenn er *wir* sagte, meinte er uns beide.

»Hieß sie immer schon Lotte?«

»Keine Ahnung. Ist ja auch egal. – Hast du schon mitgekriegt, dass Gustav bald zurückkommt. Und Willi vielleicht auch.«

Gustav kannte ich nicht persönlich, er war einer meiner Vettern aus Clenze. Er hatte noch zwei Brüder, wie ich erfahren hatte, Willi und Karl-Heinz. Als ich hier ankam, waren sie alle im Krieg in Russland oder anderswo.

Fritz zäumte vor der Scheune sein Pferd auf, um aufs Feld zu fahren. Ich wusste, Düngen war heute dran. Die eisernen Räder des Düngerstreuers knirschten auf den Steinen, wenn das Pferd sich bewegte. Bald würden wir mit zwei Pferden arbeiten können. Die Deichsel und passende Schwengen hatten wir schon bereitliegen. Fritz sprach leise mit dem Pferd, wenn er es anschirrte, und tätschelte es. Ich wäre gern mitgefahren.

Aber ich hatte Schule. Ich guckte noch um die Ecke, um zu sehen, was Opa im Garten machte. Ich ging barfuß und musste aufpassen, dass ich nicht in Hühnerscheiße trat. Die quetschte sich dann eklig durch die Zehen.

Opa stand am Bienenstock und fummelte an den Zwiebeln herum, die da zum Trocknen hingen. Niemand war im Garten, den er vertreiben konnte. Seine Frau, meine Oma, saß in der Wiese hinterm Haus unter einem Haselnussstrauch und bewachte die Kühe. Dabei las sie in einem Buch. Vor ihr im Gras lag unser Hund Roland. Meine Cousine Annemarie hängte Wäsche auf die Leine. Sie und mein Vetter sind ungefähr zehn Jahre älter als ich. Fritz hatte noch einen älteren Bruder, der Rudolf hieß und woanders arbeitete, ich glaube als Milchprüfer. Er kam manchmal an den Wochenenden und half auch bei der Ernte. Er hieß wie sein Vater.

Mindestens fünf Mal in der Woche hütete ich nachmittags nach der Schule die Kühe, weiter weg im Wald auf unserer Wiese beim Heidmoor. Das machte ich gern, aber manchmal wurde mir langweilig. Dann saß ich unter dem Birkenstrauch und dachte mir Abenteuer aus, meistens mit eigenen Heldentaten. Die behielt ich für mich. Es passierte schon mal, dass ich Schiss bekam, wenn sich zwischen den Bäumen im Wald Schatten bewegten und mein Hund unruhig seine Ohren aufstellte. Bisher war nichts Schlimmes passiert, weder Überfall noch Mord. Aber es kam vor, dass Landstreicher auftauchten und sich nach dem Weg zum nächsten Dorf erkundigten. Einmal kamen zwei Polen vorbei und fragten mich was auf Polnisch. Woher soll ich Polnisch können? Sie nahmen mir mein Butterbrot weg und verschwanden. Das fand ich nicht so schlimm.

Wenn die Kühe Unsinn machten, schickte ich den Hund, damit er eine Kuh vom Feld vertrieb. Einen Zaun gab es nämlich nicht. Diese Viecher versuchten immer wieder, an die Luzerne zu gehen. Sie schmeckte ihnen besser als Gras. Oder sie wollten im Wald verschwinden, wo die höheren Gräser wuchsen. Jede Kuh hatte einen Frauennamen, Lene, Lonie, Lieschen, Inge, Grete und so weiter. Außer den Pferden, Kühen und Hunden hatten die Tiere hier keine persönlichen Namen.

Oma winkte mir zu. Roland klopfte mit dem Schwanz auf den Boden, als er mich sah, aber er stand nicht auf. Er musste ja die Kühe bewachen.

Wenn ich zu meiner Oma ging, ermahnte sie mich immer, Bücher zu lesen. Das konnte sie sich sparen. Wie sollte ich die Zeit dafür aufbringen? Hier las ja auch sonst niemand außer ihr. Wie sie als Bäuerin auf die Idee gekommen ist, Bücher zu lesen, blieb mir schleierhaft.

Einmal an einem Sonntag hatte sie mich überredet und ich habe ein Heft gelesen, das sie mir gegeben hatte. Was da stand, hat mich nicht begeistert, ich fand es sogar bedenklich! Die Geschichte war sehr verworren und eigentlich wohl besser für Erwachsene. Es ging um Gott und Glauben, wie ich erwartet hatte. Aber auch um Liebe, Küssen, Ehebruch und Mord. Vielleicht hatte sie es ja selber nicht gelesen. Mir war das entsetzlich peinlich.

Sonntags nach dem Mittagessen traf ich normalerweise Manni, Leonhard, Erwin und ein paar andere. Manchmal kam Luise mit, als einziges Mädchen. Andere wollten wir nicht dabeihaben, sie waren zu lahm oder zu zickig. Viel mehr in unserem Alter gab es im Dorf auch nicht. An Luise hatten wir uns gewöhnt und sie war in Ordnung. Auf dem Weg zur Schule nach Brassau ging Luise neben mir her.

»Ich habe jetzt ein eigenes Pferd«, sagte ich.

»Was denn für eines?«, fragte sie.

»Ein dunkelbraunes. Ein Flüchtlingspferd. Das ackert jetzt bei uns und ich bin verantwortlich.«

»Schön.« Mehr sagte sie nicht. Ich hatte befürchtet, sie würde mich einen Angeber nennen. Luise konnte ich gut leiden und half ihr manchmal, wenn ihre Bauern nicht da waren und ich Zeit hatte. Sie kam aus der Stadt und ich konnte ihr einiges beibringen.

An der Außenmauer zum Schulhof standen Erwin und sein kleinerer Bruder Walter allein mit angstverzerrten Gesichtern. Sie hatten sich mit den Rücken dicht an die Wand gepresst. Luise lief an ihnen vorbei, weil eine Freundin sie gerufen hatte. Ich blieb stehen.

»Was ist los?«, fragte ich.

Sie zeigten hinter sich, auf ihre Hintern. Ich konnte zuerst nichts erkennen. Dann begriff ich endlich. Sie hatten diese Dinger an, Klapphosen genannt. Klapphosen waren wirklich das Allerschlimmste! Wer sich damit zeigte, hatte verschissen. Wie konnten ihre Eltern ihnen das antun!

»Die lachen sich kaputt! Die kriegen sich auf dem Schulhof nicht mehr ein«, sagte Erwin.

»Sollen wir sie verprügeln? Ich mach mit.«

»Wenn unser Vater von Prügeleien in der Schule erfährt, kriegen wir Dresche. Aber wie! Du kennst ihn doch«, sagte Walter.

Ich kannte ihren Vater. Er hatte wegen Wilderei gesessen und war gerade aus dem Gefängnis entlassen worden. Und seitdem besonders streng mit seinen Kindern. So als müsste er die Erziehung nachholen für die Zeit im Kittchen. Ich konnte ihn gut leiden. Ein prima Kerl, anders als manche Erwachsene. Er konnte mich auch gut leiden und sprach manchmal mit mir. Mir war es egal, ob er gesessen hatte. Einige Leute aus dem Dorf dachten da anders. Man erzählte sich auch, er sei an Stelle eines reichen Bauern in den Knast gegangen, weil der schon so alt war. Soll dafür bezahlt worden sein. Keine Ahnung, ob das stimmte.

»Dann haut doch ab, geht nach Hause«, schlug ich vor. »Ich sage der Lehrerin, euch sei schlecht geworden und ihr hättet vorhin alles vollgekotzt.«

»Und was sollen wir zu Hause sagen?«

»Schule ist heute ausgefallen, weil Frau Goldner krank geworden ist. Merken die doch nicht.«

Sie guckten erleichtert. Das war die Lösung. Sie winkten mir kurz und gingen bei Beussel vorbei, den kürzesten

Weg, wo der wilde Schafsbock lauerte. Vor dem Bock hatte Erwin keine Angst, vor seinem Vater schon.

»Wir verbrennen die Hosen«, rief Erwin noch.

»Besser, du sagst deinem Vater, dass man mit solchen Hosen nicht in die Schule darf.«

Ich machte mich davon, um noch einigermaßen rechtzeitig in die Klasse zu kommen. Ganz pünktlich gelang es mir nicht. Aber Frau Goldner sagte nichts. Sie konnte mich gut leiden.

Am Nachmittag ritten Fritz und ich zur Schmiede nach Zeetze. Mein Vetter auf George, den er *Schorse* nannte, ich auf Lotte. Er wollte mir zeigen, dass Schorse schneller war. Aber ich konnte auf Lotte mithalten. Sie war nicht so langsam, wie ich befürchtet hatte. Ich ritt ohne Sattel, in Zeetze tat mir der Hintern ein bisschen weh.

Beim Schmied standen wie immer einige Männer herum und redeten irgendwas. Als hätten sie keine Arbeit. Der Schmied ließ sich aber nicht stören, beschlug ein Pferd nach dem anderen. Als ich Lotte in den Stand geführt hatte, nahm sich der Schmied zuerst die hinteren Hufe vor.

»Bringt ihr hier ein Schaukelpferd zum Beschlagen, oder was?«, sagte einer der herumstehenden Männer und lachte albern. Er fuhr mit einer Hand über Lottes durchhängenden Rücken. So ein Blödmann! Ich war froh, dass niemand lachte.

Damit Lotte nicht alle Last auf einem Bein zu tragen hatte, während der Schmied einen Huf nahm und arbeitete, stützte ich Lotte mit der Schulter von der Seite. Aber sie ließ sich immer mehr gegen mich sinken, bis ich an der Wand fast zerquetscht wurde und kaum noch Luft kriegte.

»Das darfst du auch nicht machen, Freddy!«, sagte Fritz.

»Pferde sind klug und stehen gern bequem. Du hast das gut gemeint, Junge. Aber es gibt Sachen, die sind zu schwer für dich«, meinte der Schmied. »So ein Pferd kann dich plattmachen!«

Er sah zu mir hoch und lachte mich an, während Lottes linker Hinterhuf auf seinem Schoß mit der Lederschürze lag. Dann raspelte er fachmännisch weiter am Horn. Die Eisen waren noch fast glühend, als er sie anpasste und festnagelte. Lotte rührte sich nicht. An den Hufen spüren Pferde nichts. Den Qualm und den beißenden Geruch, wenn das heiße Eisen zischend auf das Horn traf, mochte ich gern.

Ich sammelte von dem Mehl, das beim Abraspeln der Hufe auf den Boden gefallen war, heimlich eine Handvoll in meine Hosentasche. Wenn man das Zeugs unter Tabak mischte, spuckte der Raucher Gift und Galle und erstickte beinahe. Besser, man ließ sich dabei nicht erwischen.

4

Endlich war Sonntag, der Tag ohne Mistfahren, Kartoffelnsammeln oder Hütearbeit. Die Kühe grasten dann auf der Koppel hinterm Haus und meine Oma setzte sich dazu, wenn sie Lust hatte.

Der Wald war verlockend. Wenn ich mit den anderen Jungs, manchmal kam Luise auch mit, in den Wald ging, hofften wir auf Abenteuer. Wir waren immer in Erwartung, dass etwas Besonderes passierte. Obwohl kaum mal etwas passierte. Bis auf dieses Mal, als Luise nicht dabei war. Es hätte sich auch nichts Besonderes ereignet, wenn wir nicht einen Plan gehabt hätten. Wir wollten nach Weidendorf, um bei einem Bauern Eier aus dem Hühnerstall zu holen. Der Hof lag günstig, um schnell im Wald verschwinden zu können. Vielleicht, wenn niemand im Haus war, würden wir zusätzlich ein Huhn mitnehmen. Eier machen keinen Lärm, wenn man sie stiehlt. Hühner schreien wie verrückt.

In der Sandkuhle hatten wir einen Blechtopf versteckt, keine Ahnung, woher der stammte. Darin würden wir die Eier und vielleicht das Huhn kochen und essen. Das Wasser holten wir aus dem Bach. Leonhard, Erwin und Walter hatten immer Hunger auf gekochte Eier. Ich weniger, weil wir selbst Hühner hatten. Manni war der geschickteste Eierdieb, bei ihm ging nie eines kaputt. Wir anderen würden, wenn nötig, die Bauersleute auf der vorderen Seite des Hofes ablenken. Wenn sie den Verdacht hatten, wir würden in ihrem Vorgarten Pflaumen oder Äpfel klauen, standen sie sofort an den Fenstern und lauerten. Kaum tauchten wir auf, bewegten sich die Gardinen. Dann konnte Manni in Ruhe im Stall arbeiten.

Ausgerechnet an dem Tag hatte sich Günter an uns gehängt. Wenn wir ihn nicht loswurden, konnten wir den Plan vergessen. Er würde alles verderben, weil er doch nicht ganz richtig tickte.

Eigentlich sah er nicht blöd aus, aber wenn er den Mund aufmachte und etwas sagte, gähnten alle. Keiner hörte hin, wenn er versuchte etwas zu sagen. Es konnte ja nichts Vernünftiges sein, weil er bloß herumstotterte. Dann knallten wir ihm manchmal eine. Keiner hatte Lust, sich richtig mit ihm abzugeben. Er ließ sich auch nicht abschütteln. Und er störte uns sogar, wenn er stumm hinter uns herlatschte.

Es war an diesem Sonntag, als im Wald an den Torfkuhlen etwas passierte. Um es genauer zu sagen: wir machten selbst etwas. Wir wollten uns unseren Plan nicht verderben lassen, das kann doch jeder verstehen.

Wir versuchten es im Guten.

»Verschwinde, wir haben was vor!«, sagten wir und schubsten Günter ein bisschen herum. Der ewige Rotz an seiner Nase war nicht schön anzusehen. Vielleicht war er krank.

Er ging zwei, drei Meter hinter uns her. Um in unserer Nähe zu sein, war er extra von Klausen in unser Dorf gekommen. Das machte er oft. Vielleicht weil es in Klausen keine Gleichaltrigen gab. Oder niemand mit ihm spielen wollte.

Wer nicht hören will, muss fühlen, sagten uns oft die Erwachsenen. Leonhard packte ihn und hielt ihn fest. Erwin pinkelte ihm in eine Hosentasche, Manni in die andere. Man kann sich vorstellen, wie seine Hose aussah. Jetzt verschwindet er sicher, dachte ich.

Wenn mir jemand in die Hosentaschen pinkeln würde, könnte der was erleben. Aber Günter ließ sich nichts anmerken. Er trottete weiter hinter uns her.

»Verschwinde besser!«, sagte ich, obwohl ich nur wenig Mitleid hatte. Wenn einer so ist wie dieser Günter, sollte er verschwinden, wenn man ihn dazu auffordert. Er nervte mich auch. So etwas wie *Indietaschepinkeln* wollte ich mir nicht noch einmal ansehen.

Wir waren an den Torfkuhlen angekommen. Die Torfstücke hatten die Größe von Ziegelsteinen, waren aber weicher. Man hatte sie auf einem Feld zum Trocknen aufgestapelt, immer kreuz und quer übereinander, damit Luft dran kam. Die Bauern gaben für solche Zwecke ihre Felder gern leihweise her, weil Torf auch so eine Art Dünger ist. Ein krümeliger Rest blieb ja immer liegen. Ein paar der Haufen warfen wir mit Fußtritten um. Es war ja hier sonst nichts los.

Günter war immer noch da.

Ich ging zwei Schritte zurück und flüsterte ihm zu: »Hau doch ab, Günter! Sonst geht es dir noch dreckiger!« Ich war nicht sicher, ob er mich verstanden hatte. »Warum bleibst du denn noch?« Ich schüttelte ihn. Er blieb einen Moment stehen, ohne mich anzusehen, aber er ging nicht. Sagte auch nichts. Ich zuckte mit den Schultern und ging zu den anderen. Ich hatte es wenigstens versucht.

»Was machen wir mit dem?«, fragte Erwin aufgebracht. Wir wollten weiter, durch die Wiesen nach Weidendorf. Günter stand immer noch da mit seiner bepissten Hose, zwei Meter von uns entfernt.

Torf wird auf Loren transportiert. Loren fahren auf Rädern und Schienen. Manchmal rasten wir mit ihnen bergab und sprangen erst im letzten Augenblick herunter. Bevor sie in die Arbeiterhütte krachten oder entgleisten. Das war zwar verboten, aber wir machten es trotzdem. Auch bei so etwas konnten wir jemanden wie Günter nicht gebrauchen. Und beim Eierstehlen in Weidendorf schon gar nicht!

Eine Lore lag am Waldrand herum, ohne Räder, nur der obere Teil. Mit vier Halterungen an den Seiten, wo sie mit dem Fahrgestell verbunden wird. Wir kippten die Lore um, so entstand ein Häuschen ohne Fenster. Wir packten Günter und steckten ihn darunter. Er wehrte sich kaum. Dann griffen wir uns dicke Feldsteine, die hier massenhaft herumlagen, und warfen sie gegen die Lore aus schwerem Eisen. Es donnerte gewaltig. Das ging so gut fünf Minuten lang, bis kaum noch Steine da waren.

Unter der Lore rührte sich nichts.

»Wenn der da rauskommt, ist er tot«, sagte Erwin.

»Wir hören besser vorher auf«, sagte ich.

»Noch ein bisschen«, sagte Leonhard. »Wir müssen sowieso gleich weiter.«

Leonhard machte noch ein bisschen weiter. Er holte sich Steine zurück, die wir schon geworfen hatten. Dann stellte er sich auf die Lore, trampelte darauf herum und schrie:

»Damit du weißt, was du für einer bist! Nimm dich ja in Acht! Wir machen dich fertig, du Stück Mist!«

»Der kommt da allein nicht raus«, sagte ich.

»Wir lassen ihn aber nicht verhungern«, sagte Manni ängstlich, »wir holen ihn raus. Dann geht er vielleicht. Wir haben ihn gewarnt. Er wollte ja nicht hören!«

Wir mussten uns sehr mühen, die »Falle« wieder aufzumachen. Alle packten mit an. Günter hatte die trockenen Torfreste wie einen Regen abbekommen. Überall klebte das Zeugs. Erst lag er zusammengekauert da, ein schwarzes Bündel, und rührte sich nicht. Ich dachte schon: *Der ist bestimmt tot.* Dann bewegte er sich doch langsam und stand auf.

Im Gesicht, in den Haaren, einfach überall sah er aus wie ein Neger. Wir stritten uns, ob Neger braun oder schwarz sind. Dieser hier war eher braun.

»Es gibt auch solche«, sagte ich.

»Angeber«, sagte Leonhard. Er hatte noch nie einen Afrikaner gesehen. Ich aber auch nicht.

Günter ging, ohne ein Wort zu sagen, mit gesenktem Kopf davon. Er hatte niemanden von uns angesehen, sich auch den Dreck nicht abgeputzt. Sein Gesicht konnte man kaum erkennen. Beide Hände hielt er an seine Ohren. Ich sah ihm nach, wie er zwischen den Tannen verschwand.

Wir wussten nicht weiter. Da war etwas passiert, das uns den Sonntag kaputt gemacht hatte. Nach Weidendorf zu gehen hatte keiner mehr Lust. Wir sprachen auch nicht mehr darüber.

Leonhard sagte: »Ich geh dann mal.« Er ging mit Walter davon. Ich wollte auch unbedingt nach Hause und ging, aber allein.

»Ich muss Lotte striegeln«, sagte ich zur Entschuldigung. Dabei striegelt man kein Pferd am Nachmittag, sondern morgens. Das weiß doch jeder. Aber niemand sagte etwas. Erwin wäre gern mit mir gekommen, aber ich wollte nicht. Ich fühlte mich auch noch nicht besser, als ich den Bach überquerte, drei lange Schritte über drei Steine, und an den hohen Erlen vorbei, bis ich die Wiese erreichte. Von dort konnte ich unseren Hof sehen. Wenn ich diesen Weg nahm, kam mir unser Haus mit seinen Fenstern vor wie ein freundliches Gesicht. Draußen war niemand. Am Sonntag lag man nachmittags bis zum Melken im Bett, blieb in der Stube oder saß unter einem Baum im Schatten, wenn es warm genug war. Nur die Katzen und die Hühner strichen überall herum. Die Kühe auf der Koppel konnten am Sonntag auch ohne Aufsicht bleiben, es gab ja den Zaun.

Weil ich mich nicht gut fühlte, setzte ich mich an den Küchentisch mit einem Blatt Papier und Bleistift, um meiner Schwester zu schreiben. Ich saß lange da, aber mir fiel nicht ein, wie ich aufschreiben sollte, was ich ihr gern erzählt hätte. Vielleicht würde das Aufschreiben mich erleichtern, es weniger schlimm machen. Noch besser, sie wäre hier und ich könnte mit ihr reden. Je länger ich niemanden hatte, dem ich erzählen konnte, was passiert war, umso schlimmer fühlte ich mich.

Ich steckte Papier und Bleistift wieder in den Tornister. Da kam glücklicherweise meine Cousine Annemarie aus der Backstube und brachte einen Teller Butterkuchen. Der war noch ganz warm.

»Nimm dir!«, sagte sie freundlich und hielt mir den Teller hin. »Wie war es mit deinen Freunden?«

»Wie immer«, erwiderte ich und biss in den Kuchen. »Ich nehme ein Stück mit für Roland.«

Sie lächelte.

5

Am Montag, auf dem Weg zur Schule, überlegte ich, ob ich Luise etwas von der Geschichte mit Günter erzählen sollte. Besser nicht, entschied ich. Vielleicht würde sie das nicht gut finden und es mir sagen. Wenn ihr etwas nicht passte, sagte sie es ganz offen. So war ich leider nicht.

Erwin und Walter hatten an diesem Morgen normale Hosen an. Günter sah ich nicht auf dem Schulhof, sein Platz in der Klasse blieb leer.

In der Pause fragte ich Frau Goldner, so wie nebenbei, wo denn Günter geblieben wäre.

»Er kommt nicht«, sagte sie, wandte sich ab und biss in ihr Butterbrot. Das hilflose Gefühl wurde stärker. Ich musste an das Missionsinternat denken, weil ich Mist gebaut hatte. Mit Erwin oder Leonhard sprach ich nicht darüber.

»Nach der Schule muss ich noch weg«, sagte ich ihnen und lief Richtung Roseneck, mit den Kindern von dort. Eigentlich wollte ich nach Klausen, aber wir hatten ein Stück weit die gleiche Richtung.

»Wo willst du denn hin?«, fragte mich Irma aus Roseneck. »Du wohnst doch woanders.«

»Eine Tante besuchen«, sagte ich und wir schlenderten weiter, bis der eine oder andere auf seinem Hof verschwand. Ich bog nach Klausen ab. Auf den Feldern waren Fuhrwerke unterwegs, mit allen möglichen Sachen beladen, meistens Kartoffeln. Ein Bauer, der als Pferdeschinder bekannt war, ließ seine beiden Rappen vor voll beladenem Leiterwagen galoppieren. Und das auf tiefem Boden!

Pferde ließen sich vieles bieten.

Ich wusste, wo Günter wohnte, und strich um das Haus herum. Er und seine Mutter wohnten im ersten Stockwerk. Die Gardinen waren zugezogen, nichts bewegte sich. Ein Mann kam aus dem Haus, ich getraute mich nicht zu fragen. Ich setzte mich auf den Milchbock und ließ meine Beine baumeln.

Vielleicht ist er tot, dachte ich. Dabei wurde mir ganz kalt. Ich war dabei gewesen, als mein Urgroßvater starb. Wir sangen ihm noch ein Lied, das er sich gewünscht hatte. Es fing an mit ›Ich bin durch die Welt gegangen, und die Welt war schön und groß‹. Mehr habe ich nicht behalten. Sterben ohne ein Lied ist nicht schön, dachte ich. Der Gedanke an ein Sterbelied machte nichts besser. Im Gegenteil.

Da sah ich Leonhard mit dem Fahrrad über den Dorfplatz fahren. Ein ziemlich rostiges Ding mit Vollgummi-Reifen. Er tat so, als hätte er mich nicht gesehen, und kurvte herum.

»Leonhard!«, rief ich.

»Ich muss weiter, Kartoffeln holen.«

Das war geschwindelt, denn seine Mutter kriegte die Kartoffeln von Bauer Schröter. Aber ich sagte nichts. Ich konnte mir schon denken, warum er durch Klausen fuhr. Ich hätte mir gewünscht, Günter würde einfach durch die Tür nach draußen kommen. Dann würde ich mit ihm reden. Nicht über das von Sonntag, sondern ganz allgemein. Irgendwas. Vielleicht, ob wir etwas unternehmen sollten. Oder ob er Lotte mal sehen wollte. Etwas Freundliches jedenfalls.

Du bist ein feiges Arschloch, sagte ich nach einer halben Stunde zu mir selbst.

Aber ich traute mich nicht, zu Günters Wohnung zu gehen und einfach nach ihm zu fragen. Wenn wenigstens seine Mutter herauskäme und ich könnte sie ansprechen, so nebenbei fragen, ob Günter herauskommen dürfte. Das hatte ich noch nie gemacht, aber vielleicht würde sie sich nichts dabei denken. Da fiel mir ein, dass Günter ganz vollgepisst gewesen war und voller Torf. Vielleicht hatte er heimlich seine Sachen gewaschen, bevor er in die Wohnung gegangen war, und die Mutter wusste von nichts. Das wäre mir lieber gewesen. Aber es war unwahrscheinlich: So einer wie Günter war nicht praktisch veranlagt.

Ich schwang mich vom Milchbock, nahm meinen Tornister und ging nach Hause. Der Weg war nicht weit, so etwa einen Kilometer. Von einem Baum pflückte ich mir einen Apfel. Mittagessen würde ich wohl nicht mehr kriegen. Was sollte ich sagen, warum ich so spät dran war? Wegen der Suche nach Günter hatte ich einen Anschnauzer riskiert. Aber das war nicht seine Schuld.

Ich ging bei Bartelmes vorbei über den Dorfplatz.

Leonhards Fahrrad stand an der Pforte zu ihrem Haus. Da soll es früher gespukt haben. Es gab Geschichten von einer toten Hexe und einem Zimmer voller weißer Vögel. Ich glaubte nicht an so was. Die Familie wohnte ja da und es war bisher nichts passiert. Aber viele glaubten hier an Hexerei und so ein Zeugs.

Auf Neubauers Hof lief die junge Frau mit einer Milchkanne in jeder Hand von der Scheune zum Schweinestall. Wenn sie nicht schnell genug lief, bekam sie Prügel von ihrem Mann, erzählte man sich. Der Mann war ein Zugezogener, aber kein Flüchtling. Er duldete nicht, wenn sie nur Schritt ging. Jeder wusste es, alle regten sich über den Mann auf, aber keiner sagte etwas.

In der Küche war der Tisch abgeräumt, ein paar Fliegen krochen über das Wachstuch und die Wanduhr tickte. Überall Ruhe, Mittagspause. Ich nahm meine Hefte und begann meine Hausaufgaben zu erledigen. Aber ich konnte mich schlecht konzentrieren, weil ich an Günter denken musste. Wo steckte er bloß, der Blödmann?

Da kam meine Cousine Annemarie in die Küche. Sie fragte, ob sie mir ein Omelett machen solle.

»Was ist das?« Ich hatte das Wort noch nie gehört.

»Ein Pfannkuchen mit Ei. Schmeckt dir sicher«, sagte sie, stellte eine Pfanne auf die Herdplatte, legte Holz nach und schlug Eier in eine Schüssel. Ich kriegte nicht mit, was sie sonst noch reintat.

»Wie war es in der Schule, Junge? Warum kommst du so spät?«

Ich hatte mir keine Ausrede überlegt. Bei meinen Leuten hier hatte ich eigentlich noch nie gelogen, auch keine Ausreden gebraucht. Ich wollte nicht so weitermachen wie früher bei meinen Eltern. Das hatte ich mir fest vorgenommen. Ich beugte mich über mein Heft und sagte:

»Frau Goldner hat einen Zahn verloren.« Das war nicht geschwindelt, auch wenn der Zahn schon seit einer Woche weg war. Annemarie setzte sich zu mir und sah mir beim Essen zu. »Erwin hatte dieses Mal keine Klapphose an. Sie haben ihn deshalb in der Schule ausgelacht.«

»Das sind doch arme Leute und es ist nicht zum Lachen«, sagte sie. »Und auch nicht, was sie mit diesem Günter aus Klausen gemacht haben.«

Ich wurde rot, vielleicht bemerkte sie es nicht, weil ich aß. Wenn ich jetzt eine Frage nach Günter stellte und so tat, als wüsste ich nichts, verplapperte ich mich garantiert. Oder landete in einer Lüge. Also tat ich so, als hätte ich das überhört, und steckte den letzten Bissen in den Mund. Das Omelett war lecker. Den Teller schob ich beiseite.

»Ich muss noch 'ne Menge machen für die Schule. Dann mit den Kühen zum Heidmoor«, sagte ich und nahm den Bleistift in die Hand. Annemarie hatte nichts bemerkt. Sie spülte Gabel und Teller und ging nach draußen.

Ich wünschte, die Geschichte wäre schon vorbei. Ohne mit den Schularbeiten fertig zu sein, packte ich meine

Sachen, zog mich um und ging vor die Türe. Ich öffnete das Gatter zur Wiese hinterm Haus. Die Kühe wussten sofort Bescheid und liefen an mir vorbei, vom Hof auf den Dorfplatz, rechts bei Bartelmes vorbei, bei den Bauern Neubauer, Mahler und Sommer und über den Bach. Sie kannten den Weg zu unserer Wiese beim Heidmoor. Roland lief vor mir her; er freute sich, dass es etwas zu tun gab. Wenn eine Kuh versuchte, sich an einem Feld ein Maulvoll Luzerne oder Rübenblätter zu rupfen, bekam sie es mit ihm zu tun. Vor ihm hatten sie Schiss. Da musste ich kein Wort sagen, nur seinen Namen. ›Roland!‹ Dann wusste er sofort, dass es irgendwo brannte – und rannte los.

Einen solchen Hund musst du erst einmal finden!

Als alle neun Kühe auf unserer Weide waren und ruhig grasten, setzte ich mich mit Roland unter die kleine Birke. Das war unser Platz, ein bisschen höher gelegen. Ich guckte mal zur anderen Seite hinüber. Genaues konnte ich nicht sehen. Die Arbeiter an der Torfkuhle machten wenig Lärm, manchmal hörte ich das Rauschen, wenn eine Lore auf der Schiene bergab raste, oder ein Lastwagen, voll beladen, schwankte davon. Manchmal rief jemand irgendetwas, aber ich konnte nichts verstehen. Es ging mich ja auch nichts an.

Die Lore, unter der Günter gesessen hatte, war fortgeschafft worden. Vielleicht brauchte man sie wieder. Durch das Gebüsch unter den Tannen schnürte ein Fuchs. Roland hatte ihn gesehen, er guckte ihm wachsam, aber eher gelangweilt nach. Der Fuchs war zu schnell für ihn und würde irgendwo in seiner Höhle verschwinden, bevor er ihn am Schlafittchen hatte.

Wo jetzt die Luzerne stand, sammelten wir manchmal im Herbst in langen Reihen Kartoffeln. Alle arbeiteten auf den Knien, die ganze Familie. Die Erde war hier sandig und weich, ein Stein im Boden war unangenehm. Jeder hatte zwei Reihen aufzusammeln und warf die Kartoffeln in einen Handkorb. Wenn der voll war, leerte man sie in größere Körbe, die von meinem Vetter zum Wagen gebracht wurden. Am Ende standen alle auf und reckten sich, dann ging es an die nächsten Reihen.

Ich gab mir Mühe, war aber etwas langsamer als die Erwachsenen. Oft half mir meine Tante, den Anschluss nicht zu verpassen. Sie bearbeitete ein Stück meiner Reihen, so ganz nebenbei. Dann konnte ich aufrücken.

Wenn wir hier Kartoffeln oder Roggen ernteten, ließ sich kein Fuchs und kein Reh blicken, die blieben im Wald versteckt.

Ich war ratlos, was Günter angeht. Ich wollte es so gern einfach vergessen. Aber das konnte ich nicht. Irgendetwas mussten wir machen. Keine Ahnung, was. Vielleicht konnte ich heute Abend meiner Schwester schreiben. Die war klüger und hatte mir schon oft aus der Patsche geholfen.

6

Ich ging um die Ecke zum Waldweg, um zu gucken, ob irgendjemand kam. Ganz am Ende bewegte sich etwas, es könnten Leonhard und Erwin sein, und noch jemand. Ich konnte es nicht genau erkennen. Vielleicht war Dietrich dabei. Meine Freunde, die nicht arbeiten mussten, weil sie keine Felder besaßen oder Kühe. Sie hatten auch nachmittags Zeit und kamen alle paar Tage zum Heidmoor. Manchmal hatten sie einen Bollerwagen dabei, um Holz zu sammeln.

Sie blieben meistens nicht lange, weil ihnen langweilig wurde, nur mit mir rumzusitzen. Nach einem bisschen Herumalbern machten sie sich meist davon und ich blieb allein zurück.

Dieses Mal waren sie nicht so gut gelaunt wie sonst. Keiner warf einen der Torfhaufen um. Leonhard, Erwin und Dietrich setzten sich auf die Wiese in meine Nähe.

»Wo ist Walter?«, fragte ich. Nach Manni und Luise fragte ich nicht, die mussten arbeiten wie ich.

Sie sahen mich bloß an. Leonhard hatte wie immer ein schiefes Lächeln im Gesicht. »Soviel ich weiß, hat er keine Namen verraten.«

»Wer?«, wollte ich wissen.

»Der bekloppte Günter.«

»Die Geschichte wissen alle, oder?«, fragte ich vorsichtig.

Erwin zuckte nur mit den Schultern. »Mein Vater hat gesagt, wenn wir dabei gewesen sind, schlägt er mich tot.« Er kratzte sich am Kopf.

»Meine Mutter hat mir schon im Voraus eine Ohrfeige gegeben, und was für eine!«, sagte Dietrich.

Leonhard sagte erst einmal nichts. Er klopfte mit einem Steinchen auf einem Ast herum.

»Wenn er nichts verraten hat, ist es ja gut«, sagte ich beruhigend. Wenn Leonhard so still war, dachte er sich meist was Schlimmes aus. Ich hatte wieder so ein flaues Gefühl im Magen.

»Von wegen: gut!« Leonhard klopfte immer weiter und sah mich nicht an.

»Was kann denn passieren?«

»Alles kann passieren!«, sagte Leonhard. »Dann fliegt meine Familie aus der Wohnung, und wir alle von der Schule. Dann heißt es wieder, Flüchtlinge sind Verbrecher und verderben die Dorfkinder! Er wird nicht die Klappe halten, auf Dauer. Jetzt hat er nichts gesagt, weil er Schiss hat. Aber von der Geschichte wissen alle.«

»Weiß deine Mutter davon?«, fragte ich. Als ob es darauf ankommen würde.

»Alle im Dorf reden darüber. Und dass er nicht gesagt hat, wer es war. Natürlich verdächtigen sie uns, sie haben aber nichts gesehen. Er wird quatschen. Du kennst ihn doch. Der hält doch die Klappe nicht. Der ist so.«

»Und dann?« Ich hatte bis dahin Roland gekrault, hörte damit aber auf, weil mir die Kehle eng wurde.

»Und dann! Und dann!«, fuhr mich Leonhard an. »Erwins Vater schlägt ihn tot, und uns anderen geht es nicht besser. Meine Mutter schlägt mich, bis mir der Arsch wund ist. Sie hat schon einmal mit einer Erziehungsanstalt gedroht. Weißt du, wie es da zugeht?« Er guckte düster, klopfte weiter mit seinem Stein. »Wir müssen verhindern, dass er etwas sagt.«

»Und wie willst du das machen?«, wollte Dietrich wissen.

»Der ärgert uns doch schon lange. Wenn er wieder da ist, locken wir ihn in den Wald und lassen ihn verschwinden. Dann haben wir unsere Ruhe«, sagte Leonhard.

Ich wusste sofort, dass er es ernst meinte, und mir wurde ganz kalt. *Jemanden verschwinden lassen* hörte sich harmlos an. Er meinte es aber nicht harmlos. Verschwinden lassen hieß, jemanden aufhängen, mit dem Knüppel erschlagen. Günter erschlagen, bis er sich nicht mehr rührte. Wie eine Katze, die niemand mehr will. Ich dachte an den Karabiner von meinem Onkel unter dem Stroh. Bis dahin hatte ich selten daran gedacht und wusste nicht, ob er noch da lag.

Wir könnten Günter erschießen. Weit weg, damit niemand den Schuss hörte. Das alles raste durch meinen Kopf, ich konnte gar nicht mehr klar denken. Die Gedanken kamen von allein. Dabei wurde mir ganz schlecht.

»Wie wollen wir das denn machen?«, fragte Erwin.

»Habe ich mir schon genau überlegt«, sagte Leonhard. »Wir tauchen ihn im Moor unter, da verschwindet er für immer. Wo sie Torf abgebaut haben, ist eine tiefe Kuhle mit schwarzem Wasser. Ein richtiger See. Wir schmeißen ihn da rein. Er ist aus Versehen hineingefallen, sagen wir später. Und dass wir noch versucht haben, ihn zu retten. Wir machen uns alle nass und beschmieren uns ein bisschen mit Torf, zum Beweis. Da kommt niemand auf den Verdacht, dass wir es waren. So was kann passieren.«

»Und wenn er nicht untergeht?« Dietrich klang besorgt.

»Ich hole eine Stange. Damit halten wir ihn unten, bis zum Schluss«, erklärte uns Leonhard. Er hatte schon an alles gedacht.

Mir kam das leichter vor, als einen Knüppel zu benutzen. Oder den Karabiner. Oder ihn aufzuhängen. Wenn er im Moor unterging, sah man nichts mehr. Ich kann trotzdem nicht sagen, dass ich mich besser fühlte bei dem Plan. Wenn alles glattlief, musste ich nicht ins Missionsinternat, wo sie ständig beteten. Ich fand mich nicht so toll, dass ich das jetzt dachte.

»Wenn er wieder in die Schule kommt, tun wir ganz freundlich und laden ihn ein, mit uns zu kommen. Wir lassen ihn mitspielen, ganz normal. Kippe-Kappe zum Beispiel, auf dem Dorfplatz. Oder Völkerball. Bis zum nächsten Sonntag, dann ab zum Heidmoor. Dann machen wir es«, sagte Leonhard. Er hörte auf, mit dem Stein herumzuklopfen, und sagte noch: »Alle müssen mitmachen, die dabei waren. Wir müssen jetzt zusammenhalten!«

Dann gingen sie. Ich blieb allein zurück. Ich glaubte nicht so richtig, dass wir es tun würden. Aber der

Gedanke beruhigte mich nur wenig, weil ich Leonhard gut kannte. Ich ging bis zum Waldrand. Auf der anderen Seite hörte ich die Rufe der Torfarbeiter. Ich dachte an die schwarze Moorgrube, stocherte vergeblich nach Pilzen. Ich guckte gar nicht richtig hin.

Um sieben Uhr war ich immer mit den Kühen zu Hause, hatte aber keine Uhr. Schlug die Kirchturmuhr von Brassau sieben Mal, war es zu spät. Aber so ungefähr kriegte ich das mit der Zeit immer hin. Unterwegs zum Dorf sollten die Viecher noch am Bach trinken. Es war ein Kunststück, sie zum Wasser zu leiten. Sie waren durstig, wollten aber auch nach Hause in den Stall, um gemolken zu werden. Roland half mir. Wenn sie einfach weitergingen, mussten wir einen Eimer nach dem anderen an der Pumpe mit Wasser füllen, damit sie saufen konnten. Das war ärgerlich. Ich kriegte dann einen unfreundlichen Anschnauzer. Das war mir aber bislang selten passiert.

Am Abendbrottisch wurde Platt gesprochen, ich bekam nicht alles mit, aber das meiste. Ich wartete, ob jemand von Günter sprechen würde, sie wussten sicher alle Bescheid. Aber mich hatte, außer Annemarie, noch niemand angesprochen. Das war ungewöhnlich. Sie fragten mich oft, wenn irgendwo etwas passiert war. Weil ich normalerweise vieles mitkriegte. Ich verzog mich bald ins Bett. Lieber wäre ich noch ein bisschen auf Lotte geritten. Aber das erlaubte Fritz nur sonntags.

»Die Pferde müssen sich von der Arbeit erholen«, meinte er.

Wenn ich mit jemandem über Günter sprechen konnte, dann mit ihm. Aber er konnte auch sehr streng sein. Wenn er erfuhr, was wir gemacht hatten, würde er mir heiße Ohren verpassen und vielleicht mit dem Onkel darüber sprechen. Aber er sagte von sich aus nichts.

Vielleicht konnte ich den Rest der Schularbeiten rasch vor dem Frühstück fertig machen. Oder ich versuchte einfach, so durchzukommen.

7

Das letzte Stück zur Schule ging ich neben Irma Laumann aus Roseneck.

»Weißt du, was mit Günter ist?«, fragte ich.

Günters Mutter arbeitete bei Bauer Laumann in der Ernte oder wenn sonst etwas zu tun war. Klausen liegt ja gleich neben Roseneck. Irma hatte meistens flauschige Pullover an. Sie gefiel mir besser als die anderen Mädchen, mit Ausnahme vielleicht von Helga Surminski. Aber das behielt ich für mich.

»Was soll schon mit ihm sein?«

»Er fehlt seit drei Tagen.«

»Ja, und?«

»Ist er krank?«

Ich ärgerte mich, weil sie mich so abblitzen ließ. Ich hatte ja wohl deutlich genug gefragt.

»Der ist erst mal weg. Warum willst du das wissen?«

Diese Antwort ärgerte mich noch mehr. Wenn sie etwas gehört hatte, sollte sie es sagen. Ich schwieg einfach. Es war nicht nötig, dass ich mich verdächtig machte. Sie wusste sicher Bescheid über das, was passiert war. Da drängelte sich Leonhard zwischen uns.

»Na? Geheimnisse austauschen?«, sagte er grinsend.

Ich hätte ihm eine knallen können. Es war seine hinterlistige Art, sich einzumischen. Irma ging einfach weiter. Sie konnte Leonhard nicht leiden.

»Hast du mit ihr über Günter geredet?«, wollte er wissen. »Wir haben etwas beschlossen, und das machen wir!«

»Du hast etwas beschlossen«, sagte ich. »Du willst ihn umbringen.«

»Wir machen es gemeinsam, das war ja wohl klar! Auf so einen kommt es nicht an!« Er guckte ärgerlich und ließ mich stehen.

Ich trottete in den Klassenraum und kramte meine Hefte hervor. Wenn wir uns zerstritten, würde es ganz schlimm, dachte ich. Aber ich wusste auch nicht, was ich jetzt machen sollte. Mit Dietrich und Manni reden? Mit Walter? Worüber? Walter war ein Jahr jünger und zählte nicht richtig. Mir stieg das Blut in den Kopf. Wenn wir Günter umbrachten und es kam raus, dann … Ich konnte gar nicht so weit denken; ein Missionsinternat war da noch das Mindeste. Aber das war jetzt, ich wusste nicht weshalb, meine geringste Sorge. Da war noch etwas anderes …

Auch an diesem Tag kam Günter nicht in die Schule. Und am nächsten auch nicht.

Am Mittwoch nach der Schule beeilte ich mich. Wir wollten den Acker vor dem Dorf pflügen und ich sollte Lotte anspannen. Ich wusste zwar, wie man pflügt, aber ich hatte es noch nie allein gemacht.

Auf unserem Hof stand mein Vetter Fritz und redete vor dem Pferdestall mit einem fremden Mann.

»Komm mal her, Freddy«, sagte Fritz. »Weißt du, wer das ist?«

Ich hatte keine Ahnung.

»Das ist unser Vetter Gustav. Aus der Gefangenschaft zurück. Der hat da in Dachau Schlimmes mitgemacht.«

»Was denn?« Das war eine überflüssige Frage. Bisher hatte ich nur Andeutungen mitbekommen, wenn ich nach Krieg oder Gefangenschaft fragte. Fritz war damals sechzehn und schon im Krieg. Bei Dresden, als alles brannte, hatte ihn ein Offizier einfach nach Hause geschickt.

›Geh nach Hause, Junge! Brauchst nicht wiederzukommen‹, hatte der gesagt und ihm einen Urlaubsschein mitgegeben. Mehr hatte ich nicht erfahren, nur dass alle über seine Heimkehr sehr glücklich waren.

Ich gab Gustav die Hand. Er war mir gleich sympathisch. Ein stämmiger Kerl, ein bisschen älter als Fritz. Er hatte ein besonderes Lächeln, schwer zu beschreiben. Er sprach mit mir nicht wie mit einem Kind. Seine Mutter, meine Tante Margarete, die im Rollstuhl saß, besuchten wir manchmal in Clenze.

»Gustav wird uns bei der Ernte helfen, bis er Arbeit gefunden hat«, sagte Fritz. Er erklärte mir oft Sachen, die eigentlich für Erwachsene sind. Mir gefiel das. Kein guter Moment, um mit ihm über Günter zu sprechen. Gustav sah so aus, als könnte man solche Sachen auch mit ihm bereden. Vielleicht, nachdem ich ihn besser kennengelernt hatte, dachte ich. Wenn er so viel herumgekommen ist, hat er vielleicht Ideen, die andere nicht haben. Frag mich nicht, warum ich sofort Vertrauen zu ihm hatte. So etwas spürt man einfach.

In dem Augenblick kam Erwins Vater mit dem Fahrrad auf den Hof gefahren und hielt bei uns an.

»Schön, Kamerad.« Er schüttelte Gustav die Hand. »Hab gerade gehört, dass du hier bist. Ich bin Ronnie«, sagte er. »Du bist auch bei unserer Truppe gewesen, sagte man mir. Sind alle deine Kameraden freigekommen?«

Gustav schien nicht gern über das Thema zu sprechen, das konnte man sehen.

»Die meisten haben sie erst mal festgesetzt. Einige warten noch auf ihren Prozess bei den Tommys. Die Amis dagegen sind nicht ganz so streng.«

»Verdammt. Das ist hart«, sagte Erwins Vater.

»Sie schnüffeln noch nach Dokumenten. Ich habe bisher Glück gehabt, Aufräumen für die Amis in Dachau. Da kann aber noch was nachkommen.«

»Ich bin Anfang 45 vom Urlaub nicht zurück, gleich abgehauen, meine Familie suchen«, sagte Ronnie. »Ich habe sie durch Zufall unterwegs im Warthegau getroffen. Die waren schon mit dem Planwagen und den Pferden los und hatten noch meine alte Schwiegermutter dabei. Ohne mich wären sie nicht weit gekommen. Ich kannte Schleichwege. Hätten sie mich erwischt, dann stünde ich jetzt nicht hier.«

»Wer sollte dich nicht erwischen?«, fragte Fritz.

»Egal wer. Unsere von der SS oder der Russe. Du weißt schon … Das war knapp, sag ich dir! Zum Schluss haben sie alle umgelegt, wenn Verdacht auf Fahnenflucht vorlag. Besonders bei SS-Männern machten die kurzen Prozess! War denen doch egal, dass der Krieg verloren war.« Er wandte sich an Fritz. »Ich bin wegen diesem Günter hier. Was da mit diesem kleinen Idioten passiert ist … Also, ich habe meinem Erwin erst einmal die Fresse poliert. Er sagt, er wüsste von nichts. Wenn er dabei war, stecke ich ihn weg in ein Heim. Die Kinder lügen wie gedruckt, waren zu lange ohne Väter … Völlig versaut.« Jetzt sah er mich streng an und griff sich eines meiner Ohren. »Und du?«

»Was soll ich gemacht haben?«, stammelte ich.

»Warst du dabei? Als sie sich diesen kleinen Kerl vorgeknöpft haben?«

»Unser Junge macht solche Sachen nicht«, sagte Fritz und Ronnie ließ mein Ohr los. »Nicht wahr, Freddy? Du machst keine fiesen Sachen!«

Ich schüttelte den Kopf.

»Was ist denn passiert?«, wollte Gustav wissen. Er drehte sich eine Zigarette. Er war sehr geschickt darin.

»Irgendwelche Jungs haben den kleinen Idioten aus Klausen durch den Wolf gedreht. Die haben ihn schlimm zugerichtet. Er will nicht sagen, wer es war.«

»Ist er verletzt?«, fragte Gustav.

Ronnie schüttelte den Kopf. »Nur ein bisschen Ohrensausen. Wer soll es sonst gewesen sein, wenn nicht diese Bande hier aus dem Dorf. Erwachsene machen so was nicht.«

»Vielleicht waren es die Polen. Da streichen immer noch welche hier herum, habe ich gehört«, sagte Gustav. »Hat dieser Günter keinen Vater?«

»Gefangenschaft«, sagte Fritz. »Noch keine Nachricht, soviel ich weiß. Den haben sie im Sommer 44 geschnappt. Arme Frau, sitzt da allein mit dem bekloppten Kind. Von hier war das niemand. In Klausen gibt es auch Jungs, die sind nicht ohne. Einige sind richtige Kriminelle. Da sollte man mal herumhorchen. Warum verrät der Junge nichts?«

»Schiss in de Büx«, sagte Ronnie. »Angst, dass sie ihn umbringen, wenn er quatscht. Das ist meine Meinung. Also, ich fahr dann mal.« Er blieb doch noch einmal stehen, das Rad an der Hand. »Was ist mit diesem Günter eigentlich los?«

»Hirnhautentzündung, kein Arzt in der Nähe. Deshalb hat er den Schaden da oben«, sagte Fritz und tippte sich an die Stirn.

»Vielleicht heilt es ja aus«, sagte Erwins Vater. »Aber ich bin kein Arzt und versteh nichts davon. Armer Junge.« Er gab Gustav und Fritz die Hand, mir strich er über den Kopf und schwang sich auf sein Fahrrad.

»Bei solch einem Scheiß würdest du doch nicht mitmachen, oder?«, fragte Gustav und legte mir eine Hand auf die Schulter.

Ich schüttelte den Kopf. Wohl war mir nicht dabei. Weil es fast eine Lüge war. Kopfschütteln ist ja wohl keine richtige Lüge!

Sie achteten nicht darauf, ob ich rot geworden war, weil Fritz von Ronnies alter Schwiegermutter erzählte. Sie war während der Flucht plötzlich gestorben. Weil der Boden überall hart gefroren war, konnte man sie nicht beerdigen. Also hat die Familie die Leiche in einen Kartoffelsack gesteckt und hinten auf dem Wagen mitgenommen. Wo sollten sie auch damit hin? In der Nacht darauf wurde der Sack geklaut. Jemand hat gedacht, er enthielte Schweine- oder Rindfleisch. Weil die meisten Bauern vor der Flucht noch schnell geschlachtet hatten, um unterwegs nicht hungern zu müssen. Die tote Großmutter blieb verschwunden.

Die Geschichte fand ich einerseits witzig, wenn ich an den Dieb dachte und wie erschreckt er wohl gewesen sein muss, als er den Sack öffnete. Andererseits war sie auch entsetzlich. Meine beiden Vettern konnten nicht darüber lachen.

Ich kannte Gustav bisher von einem Foto, in der Uniform der Waffen-SS mit einem Totenkopf an der Mütze. Danach hätte ich ihn nicht wiedererkannt.

Das Foto stand auf der Anrichte seiner Mutter. Daneben das von seinen Brüdern, Karl-Heinz und Willi. Auch Willi in SS-Uniform. Vor einem halben Jahr saßen meine Tante, mein Onkel und ich bei ihr und wir tranken Kaffee, ich bekam Kakao. Da war noch ein schönes Mädchen zu Besuch, sie trug einen dicken dunklen Zopf, er hing an der Seite nach vorne herunter. Das stand ihr gut. Sie hatte große dunkle Augen. Erst ein bisschen später bemerkte ich ihre verkrüppelte linke Hand und dass sie humpelte. Das würde mich alles nicht stören, dachte ich. Da knallte und klirrte es plötzlich, der Spiegel über der Spüle war in tausend Teile zersprungen. Überall lagen die Scherben.

»Jetzt ist Karl-Heinz tot«, sagte meine Tante und fing an zu weinen. Später hat sie von einem Heimkehrer erfahren, dass an dem Tag ihr Sohn gestorben ist, verhungert in russischer Kriegsgefangenschaft. Ihr anderer Sohn Willi steckte noch in einem Gefangenenlager bei Heidelberg und hatte geschrieben, vielleicht würde er bald entlassen werden.

Fritz erzählte, Willi sei ein lustiger Kerl und würde wieder wie vor dem Krieg als Kuhklauenbeschneider und Milchprüfer arbeiten. Bei den Bauern war er beliebt, weil er immer irgendwelche Witze draufhatte.

Gustav war meistens mit dabei, wenn wir aufs Feld fuhren. Er arbeitete manchmal stundenlang, ohne ein Wort zu sagen. Auch wenn wir aßen, sagte er wenig oder nichts. Vielleicht hing das damit zusammen, dass er Schlimmes erlebt hatte.

»Besser, wir fragen ihn nicht nach dem, was er durchgemacht hat«, hatte seine Mutter einmal gesagt. Vielleicht hatte er auch jemanden umgebracht und konnte nicht davon reden. Ich dachte: kann sein, dass er sich so ähnlich fühlt, wie ich mich jetzt fühle, obwohl wir noch nichts gemacht hatten. Es war ja gar nicht sicher, dass wir es machen würden, aber ich hatte Angst. Obwohl Fritz und Gustav mir geholfen hatten, als der Vater von Erwin etwas wissen wollte, fühlte ich mich nicht erleichtert. Alleine wäre ich da nicht rausgekommen, nicht bei Erwins Vater!

Zwei Wochen lang warteten wir, aber Günter tauchte nicht auf. Die Sache würde sich irgendwie erledigen, denn über das, was wir mit ihm gemacht hatten, sprach niemand mehr, soviel wir wussten. Ich war erleichtert, je mehr Tage vergingen.

8

Am nächsten Sonntagmorgen durfte ich Fritz' Sattel benutzen und mit Lotte ausreiten. Allein. Ich war, ehrlich gesagt, ziemlich stolz. Und ein bisschen ängstlich, aber das sagte ich niemandem.

»Sei vorsichtig, Junge! Kein Galopp!« Fritz half mir, das Pferd zu satteln. Lotte blähte ihren Bauch, als ich die Riemen stramm zog.

»Vielleicht musst du die Riemen zwischendurch nachziehen«, sagte Fritz. »Kommst du allein runter und wieder rauf?«

»Na klar!«

Lotte hatte wohl lange keinen Sattel getragen und war, außer zur Schmiede, selten geritten worden. Sie war kein Kaltblut, eher ein Ackergaul, mich störte es nicht. Die ganze Familie sah mir lächelnd nach. Sogar Opa mit seinem Krückstock. Ich ritt langsam durch das Hoftor, über den Dorfplatz und dann Richtung Heidmoor. Lotte war fügsam. Als ich schnalzte, fiel sie, ohne besonderen Druck, in Trab. Als hätte sie Freude an mehr Bewegung. Ich lenkte sie auf unsere Wiese. Ein Reh graste am Waldrand, sah kurz auf und ließ sich nicht stören. Dann bog ich rechts ab, nahm den Weg durch den Wald, der zu den Torfkuhlen führte. Immer an den Schienen entlang. Jetzt war hier alles ruhig, keine Arbeiter, keine Aufseher. Da lagen wieder Eisenteile und Räder herum. Alles unordentlich, als hätten die Arbeiter vor Feierabend nicht aufgeräumt. Vielleicht räumte man hier nie auf, weil es nicht lohnte und hier niemand vorbeikam, der sich darüber aufregen könnte.

Der Boden war zuerst fest. In der Nähe der Grube wurde er weicher. Lotte sank mit den Vorderhufen ein bisschen ein und ich überlegte, besser umzukehren. Ich hielt an und blickte auf das schwarze Wasser. Da rührte sich nichts, nicht einmal Libellen flitzten darüber hinweg. Nur Blasen stiegen auf, es roch faulig-säuerlich. Eine Birke war umgefallen und lag halb im Wasser. Die Wurzeln ragten in die Luft. Ich stieg ab, band Lotte am langen Zügel an einem Zweig fest und nahm ihr das Eisen aus dem Maul. Sie begann sofort zu grasen. Ich ging um den kleinen See herum. Es war nicht einfach, weil überall Gestrüpp wuchs.

Das war der Ort, den Leonhard vorgeschlagen hatte. Ich glaubte nicht, dass wir es noch tun würden. Vielleicht sollte ich mit Leonhard reden, ihm klarmachen, dass keine Gefahr mehr bestand. Günter würde nichts verraten, außerdem war er gar nicht da, einfach verschwunden. Vielleicht für immer. Ich wünschte, die Sache wäre vorbei. Wenn Erwin, Dietrich und Manni auch dagegen wären, würde Leonhard sowieso nichts mchen können. Aber irgendwie hingen wir in der Geschichte alle noch drin, weil Leonhard hartnäckig immer wieder davon anfing. Und er war zwei Jahre älter als wir, er wollte immer bestimmen. War ziemlich wirres Zeug, das mir durch den Kopf ging, während ich mich durch das Gestrüpp kämpfte.

Da hörte ich ein kurzes aufgeregtes Wiehern und rasendes Pferdegetrappel. Lotte!

Ich rannte los, stolperte über Wurzeln, sprang über die Schienen. Ich sah noch, wie sie jenseits des Weges über unser abgeerntetes Roggenfeld galoppierte. Sie hatte den Kopf hochgeworfen, ihre Mähne flatterte.

Mein erster Gedanke brachte mich fast um: Wenn sie auf die lose herunterhängenden Zügel trat, könnte sie sich überschlagen. Warum hatte ich sie nicht besser festgebunden?! Vermutlich hatte ein Fuchs sie erschreckt und sie war losgerast. Sie kannte die Gegend noch nicht so gut und würde nicht nach Hause finden. Wenn doch, wenn sie mit herunterhängenden Zügeln, ohne mich, auf den Hof trabte, wäre der Teufel los.

Ich hatte versagt!

Das alles schoss mir durch den Kopf, während ich wie ein Irrer hinter ihr herlief und ihren Namen über das Feld brüllte. Sie war zu weit entfernt, um mich zu hören. Ich hechelte wie ein Jagdhund, aber das war mir egal.

Ich hatte die Stelle erreicht, wo sie im Wald verschwunden war. Hoffentlich kam sie von allein zur Ruhe und blieb stehen, um zu grasen. Ich rannte weiter, von Lotte war nichts mehr zu sehen oder zu hören. Ich entschied mich an einer Wegkreuzung blitzschnell, die linke Abzweigung zu nehmen, stolperte nach vielleicht hundert Metern auf die kleine Lichtung, wo ein Autowrack vor sich hin rostete. Wir hatten oft hier gespielt. Meine Beine machten nicht mehr mit.

Weil mir alles vor den Augen verschwamm, erkannte ich ihn zuerst nicht. Auf der verbeulten Kühlerhaube saß Günter. Ich blieb in seiner Nähe gebückt stehen, bis sich mein Atem beruhigt hatte. Er sah nicht auf, stocherte mit einem Messer an einem Tannenzapfen herum. Vor ihm auf dem Boden lag ein kleiner Hügel davon.

»Was machst du denn hier?« Mein Atem beruhigte sich nur langsam.

Er klappte sein Messer zusammen und steckte es in die Hosentasche.

»Ich bin oft hier. Wegen der Tannenzapfen für meine Mutter. Zum Feueranmachen«, sagte er. Jetzt sah er mich an.

»Hast du ein Pferd gesehen? Eines, das hier vorbeigaloppiert ist?« Eine winzige Hoffnung flammte in mir auf. »Ein braunes mit durchhängendem Rücken?«

»Die Stute?« Er schob seinen Hintern von der Kühlerhaube. »Die hat aber ein tolles Temperament, sag ich dir!«

»Hast du sie gesehehen? Wo ist sie?«

Er klopfte mit seinem Tannenzapfen auf das verrostete Blech, wo man noch blaue Farbe erkennen konnte.

»Ich hab mir gedacht, vielleicht ist sie durchgegangen und es kommt jemand, der sie sucht. Deshalb habe ich sie angehalten und erst einmal angebunden. Gleich da vorne.« Er zeigte unbestimmt in eine Richtung. Er stotterte jetzt fast gar nicht, das fiel mir auf. »Ich bring dich hin!«

Ich wusste in dem Moment nicht, ob ich glücklich, ungeduldig, erleichtert oder beschämt sein sollte.

»Sie ist mir abgehauen. Vielleicht hat ein Fuchs sie erschreckt.«

»Kann doch passieren. Trakehner reagieren nervös, das ist bekannt. Die sind nicht so behäbig wie Hannoveraner oder Holsteiner.«

»Du meinst, sie hat Trakehnerblut?«

»Ziemlich sicher! Auf den ersten Blick sieht sie aus wie ein Ackergaul, aber die hat es in sich, sag ich dir!«

»Du verstehst was von Pferden?«

»Wir hatten früher Pferde auf unserem Hof, vier sogar.«

»Du bist weg gewesen. Wieso bist du wieder da?«, fragte ich, wir gingen eilig in seine Richtung.

»Ich komm bald wieder zur Schule, vielleicht schon nächste Woche. Ich war mit meiner Mama in Lüneburg und so.«

»Bei Verwandten?«, fragte ich.

Lotte stand an einer Birke. Günter hatte sie mit dem Zügel angebunden, sie hatte genug Bewegung, um ein bisschen zu grasen. Sie hatte sich beruhigt, das sah ich sofort.

Er antwortete nicht mehr auf meine Frage, weil Lotte den Kopf hob und ihn an meinem Arm rieb.

»Sie mag dich«, sagte Günter. »Ich muss jetzt langsam nach Hause.« Er zog ein Netz aus der Tasche. »Ich hol noch meine Tannenzapfen.«

Mir war es ganz recht, aufzusteigen und zu unserem Hof zurückreiten zu können.

»Danke noch mal!«, rief ich ihm nach. Ich wußte nicht, ob er es noch gehört hatte.

Auf dem Rückweg kam ich am Hof von Dietrich vorbei. Aber das Hoftor war verschlossen. Da es beinahe Mittagszeit war, wollte ich die Sonntagsruhe nicht stören.

Nach einer Stunde war ich wieder zu Hause. Ich war langsam geritten, damit der Schweiß unter Lottes Bauch trocknen konnte. Mein Onkel stand mit einem Besen in der Hand an der Pumpe. Er half mir, den schweren Sattel vom Rücken des Pferdes zu heben.

»Du wirst mal ein guter Turnierreiter«, sagte er, halb im Scherz. Ich hatte mir schon überlegt, wenn ich etwas älter war, in die Jugendabteilung des Reitervereins zu gehen. Auch Fritz fand das richtig. Da hatte ich vergessen, dass es ja mein letzter Sommer bei den Bauern war. Und ich nicht wusste, was danach kam. Sicher keine Abenteuer im Reiterverein, vielleicht überhaupt nichts Schönes. Ich dachte nicht gerne daran.

Mein Onkel hatte die Geschichte mit Günter bisher nicht erwähnt, ich war nicht sicher, ob er davon gehört hatte. In meiner Gegenwart sprach niemand mehr davon. Was hatte das zu bedeuten? Dass sie mir nicht zutrauten, bei so etwas mitzumachen? Oder das Gegenteil? Vielleicht warteten alle, bis Günter wieder auftauchen würde. Vielleicht wussten alle, wo er gewesen war. Nur wir nicht. Mein Onkel war nicht so, dass er geschwiegen hätte, hätte er mich in Verdacht gehabt. Er hätte es mir sofort gesagt und mich ausgefragt. Der war nicht hinterhältig. Würde ich lügen? Bei dem Gedanken fühlte ich mich noch schlechter. Einen solchen Onkel belügt man nicht.

Ich war noch unentschieden, ob ich am Nachmittag meinen Freunden erzählen sollte, dass ich Günter getroffen hatte.

Ich führte Lotte in den Stall, gab ihr Futter und schüttelte das Stroh auf. Ich ging auf die Koppel, um nach den Kühen zu sehen. Bald gab es Mittagessen. Von der Geschichte, wie Lotte ausgerissen war, erzählte ich nichts. Ist ja wohl verständlich!

Am Nachmittag würde ich mit den anderen in den Wald gehen. Eigentlich hatte ich keine Lust, weil Leonhard wieder davon anfangen würde.

9

Uns fiel nichts ein, was wir unternehmen konnten.

»Sollen wir auf den Hochsitz?«, fragte Manni.

»Und wenn der Jäger kommt ...?« Mehr sagte Walter nicht, der immer ängstlich war. Leonhard reagierte gar nicht, er hatte ein Taschenmesser dabei und schnitzte an einem Ast herum. Wir stiegen über die umgefallenen Bäume an den Hünengräbern, wo wir früher schon einmal eine Hütte aus Stroh gebaut hatten. Jetzt dachten wir nicht mehr ans Hüttenbauen. Jeder hatte im Kopf, dass wir Günter umbringen würden, aber erst einmal sprach niemand davon.

»Lasst uns Wildschweine im Unterholz aufscheuchen«, schlug Leonhard vor, ohne aufzusehen.

»Wo sind denn welche?«, wollte Walter wissen und ging ängstlich hinter seinem Bruder Erwin her.

»Bei Mahlers Wald, da warten sie im Unterholz auf die Nacht. Da stöbern wir sie auf. Kommt!« Keiner von uns glaubte an die Geschichte von den Wildschweinen, aber es war verdammt langweilig an diesem Sonntag. Und außerdem war da noch das andere, an das keiner gern dachte.

»Wir machen eine Kette, dann kommen wir von allen Seiten. Wir treiben sie in Richtung Dorf«, befahl Leonhard.

Also schwärmten wir aus. Es war Blödsinn, warum

sollten wir die Viecher aufscheuchen, wenn wir nicht schießen konnten? Ich dachte an den Karabiner, sagte aber nichts. Ich hatte es schon geahnt. Es kamen keine Wildschweine aus dem Gebüsch, nicht ein einziges. Nur ein Rebhuhn flog auf. Aber wieder war eine halbe Stunde vergangen. Bald könnten wir nach Hause gehen.

»Jetzt gucken wir uns mal das Loch an«, sagte Leonhard, als wir wieder zusammen auf dem Waldweg waren. »Da, wo wir es machen wollen, vielleicht schon am nächsten Sonntag.«

»Warum sollen wir es machen, er hat doch nichts verraten!«, sagte ich.

»Aber er wird quatschen. Sicher ist sicher. Wir dürfen kein Risiko eingehen. Der muss weg!«

»Und wenn ich mit ihm rede? Oder wir alle, und er verspricht, die Klappe zu halten?«

»Versprechen kann man viel. Ich will keinen Ärger. Außerdem taugt er nichts.«

»Und die Erwachsenen? Was machen die mit uns, wenn es rauskommt?«

»Es kommt nicht raus, wenn wir dichthalten. Und außerdem machen die gar nichts!«, ereiferte sich Leonhard. »Was meinst du, wie viele die im Krieg umgebracht haben. Vor allem solche. Und Juden und Russen und so was.«

»Solche? Wen meinst du damit?«, fragte ich.

»Solche, die einen Knall haben, die Blöden. Frag mal die Erwachsenen!«

Ich hatte noch nicht davon gehört, dass man im Krieg auch *solche* umgebracht hatte.

»Und warum haben sie die Blöden umgebracht?«

»Weil sie nichts wert sind, ganz einfach. Weiß doch jeder!«

Ich jedenfalls wusste es nicht, sagte aber nichts. Ich hatte auch keine eigene Meinung dazu. Es verwirrte mich, weil ich es mir nicht erklären konnte. Das passierte mir oft bei Erwachsenensachen.

Vielleicht kamen wir aus der Geschichte doch nicht mehr raus. Ich muss es aber irgendwie versuchen, ging mir durch den Kopf. Günter hatte mir mein Pferd zurückgebracht. Er hatte mir gesagt, Lotte habe Trakehnerblut. So einer gehört doch nicht zu den Bekloppten! Wahrscheinlich war er nur ein bisschen krank und ist schon fast wieder gesund.

Wenn ich mit Gustav oder Fritz darüber sprechen würde, hätten die vielleicht einen Vorschlag, was ich tun sollte. Aber was würden sie mit mir machen?

Wenn mein Onkel davon erfuhr, würde er meinen Eltern schreiben, sie sollten mich abholen. Er hatte es mir schon mal angedroht. Wegen einer Sache, die gar nicht so schlimm war. Ein Bauer hatte uns erwischt, als wir in der Sandkuhle Feuer gemacht hatten. Dieser blöde Bauer ging natürlich sofort zu meinem Onkel und erzählte es ihm. Da war der Teufel los! Meine Tante hat ihn überredet, es mir durchgehen zu lassen. Aber das war knapp gewesen!

»Wenn er wieder da ist, reden wir ganz freundlich mit ihm. Kein Wort über das da im Wald, hört ihr?«

Leonhard hatte einen wiegenden Gang. Ich mochte ihn gut leiden, aber manchmal hatte er so ein verschlagenes Fuchsgesicht. Trotzdem: wenn man mit jemandem befreundet ist, will man das Hinterhältige nicht sehen. Mir hatte er nie etwas getan. Aber ich hatte mitbekommen, dass er auch anders sein konnte.

Dass ich Günter getroffen hatte, behielt ich für mich.

10

Wir, alle sechs, waren zufällig gemeinsam auf dem Weg nach Brassau zur Schule unterwegs. Ein schöner Spätsommertag, und warm. Auf der anderen Seite der Felder sahen wir die Kinder aus Roseneck, Bischof und Klausen. Ich konnte nicht erkennen, ob Günter dabei war, obwohl die Felder schon abgeerntet waren.

Er stand neben Frau Goldner an der Eingangstür. Mir fiel auf, dass er neue Kleider anhatte. Eine schwarze kurze Hose und ein blaues Hemd, darüber eine lässige Jacke. Braune Sandalen. So wie er da stand und mit Frau Goldner redete, sah er ganz normal aus, wenn man nicht wusste, was mit ihm los war. Ich sah, wie unsere Lehrerin ihm zulächelte und dann im Schulgebäude verschwand.

»Nicht alle auf einmal. Du kommst mit mir«, flüsterte Leonhard.

Wir gingen ganz normal weiter, Erwin, Manni, Dietrich und Walter bogen zur Gartenmauer ab und drückten sich da herum.

»Na? Wieder da?«, sagte Leonhard. »Wir hatten Sorge, du könntest krank sein.«

Günter sagte nichts. Ich fand Leonhard nicht besonders geschickt.

»Wenn du willst, kommst du nach der Schule noch mit zu uns«, schlug ich ihm vor. »Vielleicht kannst du irgendwann auf Lotte reiten, wenn du Lust hast. Hast du schon mal auf einem Pferd gesessen?«

»Sicher«, antwortete Günter. »Ganz oft schon.«

»Reitest du gern?«

Günter sagte erst einmal nichts, aber er freute sich, dass ich mit ihm redete. Das sah man.

»Geh mal mit ihm. Das Pferd ist toll.« Leonhard nahm seinen Tornister in die Hand, um in die Klasse zu gehen. Es war schon spät.

»Lotte ist ein Flüchtlingspferd, aus Ostpreußen«, sagte ich noch. Günter lächelte.

»Ich komme mit«, stotterte er schließlich. Warum stotterte er jetzt? Gestern hatte ich kaum etwas davon bemerkt.

»In Ordnung. Für dich ist es ja fast kein Umweg. Vielleicht hast du am Sonntag Zeit, da streunen wir immer durch den Wald. Keine Angst, wir machen keinen Mist mehr«, sagte ich und kam mir schäbig vor. Aber ich hatte es gesagt, und ich sah, dass Leonhard zufrieden grinste.

Es war kurz nach zwölf Uhr, Günter und ich gingen allein in Richtung zu unserem Dorf. Ich hoffte, niemand von meinen Leuten würde uns sehen, wenn wir die Tür zum Pferdestall öffneten. Schorse und Lotte hatten gerade Hecksel mit Hafer bekommen, sie fraßen und schnaubten genüsslich. Ich fasste Lotte am Kopf.

»Du kannst sie anfassen«, sagte ich überflüssigerweise. Günter hatte keine Angst. Er hatte ja zu Hause gelernt, mit

Pferden umzugehen. Sonst hätte er Lotte nicht so leicht aufhalten und anbinden können.

Günter kraulte Lotte die Stirn und guckte in ihr Maul.

»Nicht mehr ganz jung«, sagte er. »Ungefähr zwölf Jahre.«

»Woher weißt du das?«

»An den Zähnen kann man das sehen.«

Ich hatte schon mal davon gehört, aber keine Ahnung, wie man das so genau erkennt. Ich hätte ihn gern gefragt, ob er es mir zeigen kann, tat es aber nicht. Das würde alles noch schwieriger machen am Sonntag.

»War das ein großer Hof, den ihr da in Ostpreußen hattet?«

»Ein sehr großer Hof! Mehr als hundert Kühe. Ich glaube, ich muss jetzt mal gehen. Sonst ängstigt sich meine Mutter wieder.«

»Ist sie streng, deine Mutter?«

»Nein, eigentlich nicht. Aber sie sorgt sich oft. Weil ich krank war. Bis bald also.«

»Am Sonntag?«

»Mal sehen, ich glaube wohl.«

Ich brachte ihn noch bis zum Dorfplatz und rannte dann zurück. In der Küche stand noch ein Teller für mich auf dem Tisch. Meine Cousine gab mir Kartoffeln und Frikadellen. Die aß ich am liebsten.

»Wer war denn der Junge da draußen?«, fragte sie und setzte sich zu mir.

»Ach der«, sagte ich. »Er wollte Lotte mal sehen.

Da habe ich ihn mitgenommen. Er ist schon wieder weg.«

»Ein neuer Freund? Den habe ich hier noch nie gesehen.«

»Der wohnt nicht hier im Dorf. Er will am Sonntag mit in den Wald, Abenteuer erleben.« Ich versuchte zu lächeln, um zu zeigen, dass es witzig gemeint war. Aber es gelang mir nicht. Ich hoffte, Annemarie würde nichts merken. Als mein Teller leer war, machte ich mich an die Schularbeiten. Ich war nicht so recht bei der Sache und zufrieden, als ich die Kühe zum Heidmoor treiben konnte.

11

Ich saß mit Roland unter der Birke. Zufällig guckte ich in Richtung Weidendorf, da sah ich über Schröters Wiese jemanden kommen. Wer konnte das sein? Die Person kletterte über das Gatter der Wiese und kam näher, da erkannte ich Dietrich.

»Ich wollte nicht, dass mich jemand sieht«, sagte er und setzte sich. »Deshalb bin ich über die Wiesen dahinten gekommen.«

»Was ist denn?«

»Du weißt doch, das mit Günter.« Dietrich sah nicht gerade fröhlich aus. Er erzählte, sein Onkel Jakob habe ihn in die Scheune gerufen.

»Ich habe mir nichts dabei gedacht, dass ich in die Scheune kommen sollte. Dann legte er los, leise und gefährlich. Warst du dabei?, hat er gefragt.«

Dann hatte sein Onkel Jakob ihm gesagt, er sei ja nicht sein Vater, aber verantwortlich. Weil sein Bruder, Dietrichs Vater, in Gefangenschaft sei und vermutlich nicht wiederkommen würde. Dann hatte Onkel Jakob gesagt, es gäbe Sachen, die könnten die Erwachsenen machen, nicht aber Kinder. Und wenn Dietrich dabei gewesen wäre, würde er ihn sofort in eine Erziehungsanstalt stecken, vorher aber Prügel verabreichen, die er nie vergessen würde.

»Wir müssen ihn umbringen!«, sagte Dietrich und schluchzte. »Ich kann es aber nicht.«

»Du bist doch nur dabei, machst es nicht selber. Ich will es ja auch nicht, aber wir kommen da nicht raus. Mich schicken sie sofort nach Hause, dann ab ins Internat. Meinst du, ich bin scharf drauf?«

»Und wenn wir einfach nicht mitmachen?«, fragte Dietrich.

»Du kennst doch Leonhard«, sagte ich. »Aber ich habe mir gedacht, ich könnte meinem Vetter Fritz davon erzählen. Vielleicht kann er sich Leonhard vorknöpfen und es ihm ausreden, eine andere Lösung finden. Fritz ist zehn Jahre älter als wir.«

»Red mit ihm«, drängte Dietrich. »Ich hab niemanden, mit dem ich reden könnte.«

»Ich hab nur Schiss, dass er es meinem Onkel erzählt. Dann bin ich erledigt.«

»Was Leonhard da gesagt hat, dass die Erwachsenen die Blöden umgebracht haben. Glaubst du das?«

»Keine Ahnung. Ich frage mal Fritz. Ich tu einfach so, als hätten wir in der Schule darüber gesprochen. Hörte sich aber nicht erfunden an, oder?«

»Nein, aber das war im Krieg«, sagte Dietrich. »Da kann man alles machen.«

»Ist doch eigentlich egal«, sagte ich hilflos.

»Krieg ist was anderes. Mein Papa war bei der SS. Wie dein Vetter Gustav. Der ist wieder da, habe ich gehört.«

»Ja. Ein prima Kerl, der Gustav«, erwiderte ich.

»Sie erzählen, der Gustav hätte im Krieg eine Menge schlimme Sachen gemacht.«

»Das war im Krieg!«, sagte ich empört und klang nicht sehr überzeugend. Ich wollte nicht, dass Gustav solche Sachen gemacht hatte. Leute töten zum Beispiel.

»Wir machen es wie im Krieg, wenn wir den Günter umbringen. Da ging es aber nur um Feinde oder Juden, hat mein Papa gesagt. Von den Blöden hat er nichts erzählt«, behauptete Dietrich. Er starrte vor sich hin, sah mich fragend an. »Weißt du, ob es hier früher Juden gab?«

»Keine Ahnung, aber irgendwo wird es welche gegeben haben.«

»Und wo sind die jetzt?«, fragte Dietrich.

»Das weiß ich doch nicht, verdammt!«, fuhr ich ihn an.

»Reg dich nicht auf! Wenn die Erwachsenen Blöde und Juden umgebracht haben, werden sie sich wegen Günter nicht so anstellen, oder?«

»Kann schon sein. Wir sind aber Kinder. Da ist nicht alles erlaubt.«

Was ich da sagte, brachte uns nicht viel weiter. »Ich helfe Fritz heute die Pferde füttern. Dann rede ich mit ihm, ja?«

Dietrich stand auf. Er blickte auf die Kuhherde, streichelte Roland über den Kopf. »Wir dürfen es nicht machen, das mit Günter«, sagte er unglücklich. »Egal, was die Großen im Krieg oder so gemacht haben.« Dann trottete er davon.

Roland kratzte sich mit einer Pfote am Hals und ich beobachtete den Himmel. Es war noch nicht die Zeit, die Kühe nach Hause zu treiben. Wenn ich zu früh kam, hatten sie nicht genug gefressen und ich bekäme Ärger.

Vielleicht eine Stunde später brach ich auf, ein bisschen früher als sonst. Ich würde die Kühe ganz in Ruhe am Bach trinken lassen. Roland beobachtete mich, spürte wohl meine Unruhe. Ich schickte ihn, die kleine Herde zusammenzutreiben.

Fritz schmierte gerade Fett an die Achsennaben des großen Kastenwagens. Er wollte Kartoffeln wegbringen. Er hatte einen Balken unter die Achse gestellt, nahm ein Rad nach dem anderen ab und schmierte Fett auf die Eisenstange. Das Fett war schwarzes Zeugs und zäh. Es roch gut, fand ich.

Ich kettete die Kühe im Stall an. Sie würden gleich gemolken, ich war doch nicht zu früh dran. Während der Arbeit sprach ich leise mit ihnen und nannte sie beim Namen. Das mochten sie gern. Dann ging ich zu meinem Vetter.

12

»Na, wie geht's, Junge?«

»Ab wann gibt es Pilze?«, fragte ich aus Verlegenheit, weil ich nicht wusste, wie ich zur Sache kommen sollte.

»Warte noch vier Wochen. Wenn es aber nicht regnet, wird das nichts. Wie war es in der Schule?«

»Dieser Günter aus Brassau ist wieder da.«

»Günter? Ist das der, den sie im Wald so gequält haben? Den meinst du?«

»Was weißt du denn davon?«, fragte ich vorsichtig.

»Jeder weiß es. Und auch, wer mitgemacht hat bei der Geschichte.« Während er sprach, schmierte er ruhig das Fett auf die Achse. Mir war plötzlich ganz schlecht.

»Hat er es erzählt?«

»Der hat kein Wort gesagt. Aber ich brauche mir ja nur dich und deine Freunde anzusehen. Leonhard, Erwin und Manni, auch Dietrich, dann kann ich eins und eins zusammenzählen. Ihr seht aus wie das leibhaftige schlechte Gewissen.«

»Ich verstehe nicht, was du meinst«, erwiderte ich.

Fritz verschloss den Eimer mit Fett, drückte den Deckel fest, wischte sich an einem Tuch die Hände sauber und sah mich an.

»Ihr Banditen lauft seit drei Wochen durch die Gegend, als hättet ihr Frösche geschluckt und schlecht verdaut. Natürlich seid ihr das gewesen. Wer denn sonst?«

Ich schwieg. Was sollte ich sagen, mir war erbärmlich zumute.

»Warum sagt mir keiner was? Weiß Onkel Rudolf davon?« Meine Stimme zitterte.

»Das musst du ihn selbst fragen, das weiß ich nicht.«

»Und jetzt?« Ich trat von einem Bein auf das andere.

»Wie, und jetzt! Bringt das allein in Ordnung! Wenn nicht, werdet ihr schon sehen, was passiert«, sagte Fritz in einem strengen Ton und sah dabei nicht gerade freundlich aus. Er sah mich auch nicht an und unterbrach seine Arbeit keinen Augenblick lang. »Warte ab, da kommt noch was auf euch zu.«

»Was denn?«, fragte ich zögernd.

»Das weiß ich doch nicht! Ihr habt die Sache gemacht, also werdet ihr sie auch ausbaden. Daran habe ich keinen Zweifel. Du wirst schon sehen!«

»Soll ich mit dem Onkel darüber sprechen?«

»Mit Reden ist da nichts getan, Junge. Er wird dir auch nicht mehr sagen als ich. Was hat er damit zu tun?«

Fritz ließ mich stehen und brachte den Fetteimer in den Schuppen. Ich sah, wie er Gras und Klee aus der Schubkarre nahm und es den Kaninchen in den Stall schob. Dabei pfiff er gut gelaunt. Er hatte kein Mitleid mit mir. Wie sollte er auch? Ich war ratloser als vorher und fühlte mich allein. Ich hatte vergessen, ihn nach den Blöden zu fragen und warum man sie umgebracht hatte. Jetzt war es dafür zu spät.

Wenn wir Günter heimlich erledigten, wäre dann

alles wie vorher? Noch zwei Tage bis zum Sonntag. Wenn Günter nicht geredet hatte, konnten sie auch nicht sicher sein, dass wir es waren. Sie vermuteten es nur. Dass wir bedrückt aussahen, war ja kein Beweis und konnte andere Gründe haben. Was meinte Fritz damit, da käme noch etwas auf uns zu? Mir zitterten die Knie. Ich ging in die Küche und sah auf die Wanduhr. Noch eine halbe Stunde bis zum Abendessen. Ich rannte zum Haus am Dorfeingang, wo Leonhard mit seiner Familie wohnte. Leonhard putzte an seinem Fahrrad herum.

»Sie wissen alles! Das hat Fritz mir gesagt«, sagte ich atemlos.

»Wer weiß alles?« Leonhard grinste auf seine Art, er putzte weiter an seinem Rad. »Keiner weiß was! Das steht mal fest. Es sei denn, der Idiot hat gequatscht. Dann ist er erst recht reif für die ewige Ruhe. Sonntag machen wir es so oder so. Alle zusammen!«

Ich stand da wie ein Blödmann, hatte keine Ahnung, was ich darauf erwidern sollte. Er reckte sich, betrachtete sein rostiges Rad und sagte dann ganz ruhig:

»Du hast Schiss, Freddy. Ich versteh das ja. Deshalb ist es an der Zeit, dass er verschwindet.«

»Dann kommt es schlimm für uns!«, sagte ich zögernd. »Sehr schlimm vielleicht …«

»Wenn keiner Beweise hat und wir alle dichthalten, ist alles in Ordnung! Und wer soll uns etwas beweisen, wenn er weg ist?«

Darauf hatte ich keine Antwort.

Leonhard sagte ganz ruhig: »Ich hab mit Manni gesprochen. Bei denen in der Wiese auf Heidmoor liegt ein altes Eisenrad, ganz von Brennnesseln überwuchert. Wenn er hinüber ist, binden wir ihn daran fest, damit er untergeht. Dann ist er für immer verschwunden. In der Kuhle gräbt keiner mehr nach Torf. Die Arbeiter ziehen sowieso bald weiter und bauen woanders ab. Das ist die beste Lösung. Wenn sie die Leiche irgendwann finden, dann waren es die Polen, die sich hier herumtreiben. Man weiß doch, was die schon alles gemacht haben! Wir müssen diese Sache ordentlich zu Ende bringen, verstehst du?« Er tippte mir mit dem Zeigefinger auf die Brust. »Dein Vetter kann da noch so viel erzählen!«

Ich ging langsam nach Hause und setzte mich an den Tisch.

Es würde Pellkartoffeln geben. Ich konnte mich dieses Mal nicht darauf freuen. Auf dem Tisch lag eine grobe weiße Leinendecke. Wenn alle saßen, würde jeder ein Stück Decke hochhalten und der Onkel würde die gekochten dampfenden Kartoffeln aus dem Topf auf den Tisch schütten. In die Mitte kam eine Pfanne mit ausgelassenem Fett und Grieben. Da tunkte jeder sein Stück gepellte Kartoffel rein und nahm Salz, wenn er mochte. Jedes Mal bei Pellkartoffeln sagte mein Opa, Salz sei nicht gesund.

Jeder bekam ein Glas Buttermilch. Diese Art Abendessen hatte es bei meinen Eltern nie gegeben. Meine Tante pellte, weil die Kartoffeln höllisch heiß waren und ich nicht so schnell pellen konnte, für mich ein paar Kartoffeln mit.

Sie lächelte mich an, wenn sie mir eine an meinen Platz auf die Decke legte. Ich kam mir schäbig vor, weil ich vor ihr ein Geheimnis hatte. Ein schlimmes.

Sie war immer gut zu mir. Als ich vor vier Jahren zu ihnen kam, durfte ich sogar für ein paar Monate im Schlafzimmer von Onkel und Tante schlafen, sie hatten extra ein Bett für mich aufgestellt. Daran dachte ich immer noch gern. Ich würde heute früher in mein Zimmer gehen, um zu überlegen, wie wir aus der Geschichte irgendwie rauskommen könnten. Ich lag lange wach, manchmal schlug ich nach einer Mücke, aber eine gute Idee kam mir nicht. Ich horchte, ob Fritz schon nebenan in seinem Zimmer war, hörte aber nichts. Ob ich noch einmal mit ihm sprechen sollte? Obwohl er mich richtig hatte abfahren lassen? Sollte ich morgen noch einmal mit Dietrich sprechen? Wenn Manni das mit dem Eisenrad vorgeschlagen hatte, war er mit der Geschichte einverstanden. Es hatte keinen Sinn, mit ihm zu reden. Aber mit Dietrich vielleicht? Oder mit Luise?

13

Luise war so alt wie Leonhard. Sie war kein Flüchtlingskind und auch keine Bauerntochter. Man erzählte sich im Dorf, sie habe jetzt keine Eltern mehr. Deshalb war sie bei unserem Nachbarn untergebracht worden, um zu arbeiten. Was aus ihren Eltern geworden ist, habe ich sie nie gefragt. Ich konnte sie gut leiden, auch wenn sie ziemlich ruppig sein konnte. Es war nicht ratsam, sie zum Feind zu haben. Das hatten ein paar Jungens auf dem Schulhof zu spüren bekommen, als sie einmal aus Spaß mit Luises Schultasche herumwarfen. Wenn man ihr *dumm kam,* wie sie es nannte, war sie plötzlich nicht mehr freundlich wie sonst. Sie hatte damals den Anführer der Jungen, der sogar älter und größer war als sie, auf den Boden geworfen, kniete auf seiner Brust und packte seine Haare. Dann knallte sie seinen Kopf ein paarmal kräftig auf den Boden. Er war zwar nicht tot, aber er schlich herum wie ein getretener Hund, wenn Luise in der Nähe war. Ein Mädchen, das gar nichts mit dem Streit zu tun hatte, petzte es der Lehrerin. Luise musste zur Strafe eine Woche lang täglich nachsitzen. Das geschwätzige Mädchen war als Nächste dran.

Luise kam oft mit. Sie ließ sich von niemandem kommandieren. Nur manchmal konnte sie nicht, weil ihre Bauern irgendwo zu Besuch waren. Dann musste sie auf das Haus aufpassen und die Tiere füttern.

Ich sah von Weitem, dass sie mit dem Fahrrad zum Heidmoor fuhr, es war für sie die Zeit, ihre Kühe zu holen. Ich nahm die Abkürzung durch die Wiese und kam fast gleichzeitig an.

»Was machst du denn hier, Freddy?«, fragte sie und stieg vom Rad. Ich wusste nicht, wie ich anfangen sollte. Meine Gedanken waren noch ziemlich durcheinander.

»Kannst du schießen? Ich meine, mit einem richtigen Gewehr?«

»Na klar!«

»Wo hast du es gelernt?«

»Das hat mir mein Vater Weihnachten unterm Christbaum beigebracht. Mit allen Handgriffen. Ich musste mich im Wohnzimmer auf den Bauch legen, ein paar Schulbücher als Unterlage für die Waffe, dann Laden, Anlegen, Entsichern, Zielen, Schießen. Am zweiten Weihnachtstag musste er zurück zur Front und kam nicht wieder.«

»Mit einem richtigen Gewehr?«

»Was denkst du denn!? Mit seinem Karabiner. Warum fragst du?«

Das war der Moment, den ich gefürchtet hatte. Gleichzeitig war ich erleichtert, weil ich entschlossen war, ihr alles zu erzählen, was wir mit Günter gemacht hatten. Sie hörte es sich ganz in Ruhe an.

»Die Geschichte wissen alle. Ich habe mir schon was Ähnliches gedacht«, sagte sie. »Und was ist jetzt? Was wollt ihr machen? Euch entschuldigen bei Günter?«

»Leonhard will, dass wir ihn umbringen. Damit

er nichts mehr erzählen kann. Dass wir es gewesen sind.«

»Und die anderen? Und du?« Sie hielt das Rad an der Hand. Die Kühe kamen langsam zum Gatter, wo wir standen, weil sie Luise gesehen hatten. Kühe sind nicht so blöd, wie manche behaupten.

»Ich komm da vielleicht nicht raus. Aber ich will niemanden umbringen.«

»Warum nicht?«, fragte sie ganz normal, als würde sie fragen: Hast du deine Schularbeiten fertig?

Ich kaute an meiner Lippe herum. Ich wusste nicht, wie ich es erklären sollte. Ich wusste ja selber nicht genau, warum ich nicht mitmachen wollte. Außer dass ich Angst hatte. Sie war zwei Jahre älter als ich, vielleicht wusste sie deshalb besser, wie ich mich fühlte.

»Ganz einfach, Freddy. Du hast Schiss! Ist doch ganz normal. Hätte ich an deiner Stelle auch.«

Mich beruhigte, was sie da sagte.

»Warum fragst du, ob ich mit einem Gewehr umgehen kann?«

»Ich kann einen Karabiner besorgen.« Ich glaube, erst in dem Moment war mir klar, was ich ihr vorschlagen wollte. Sie sah mich neugierig an, aber auch sehr wachsam. Luise war nicht besonders schön, aber wie sie da stand, dachte ich, dass ich sie vielleicht eines Tages heiraten könnte. Natürlich sagte ich das nicht. Ich hatte oft Gedanken, die ich besser für mich behielt. Das ist bis heute so.

»Wenn ich dir den Karabiner besorge und du kommst

am Sonntag in den Wald. Und wenn Leonhard ihn umbringen will, dann kommst du und sagst ihm, wenn er das täte, würdest du ihn erschießen. So als Drohung.«

»Wie soll ich das Ding unbemerkt aus dem Dorf in den Wald bringen? Das sehen doch alle!«

»Würdest du es machen?«, fragte ich, statt auf ihre Frage zu antworten.

»Dem Leonhard eins auswischen? Da bin ich dabei. Aber wie kommt der Karabiner in den Wald, ohne dass es auffällt?«

»Dafür sorge ich. Ich bringe ihn aus unserer Scheune heute Nacht im Dunkeln unter die Birke, wo ich immer sitze beim Kühehüten. Da liegt genug Laub und Gestrüpp herum und ich verstecke das Ding da drunter.«

»Ich weiß, wo ihr es machen wollt. Hinter der Sandkuhle, wo sie euch damals beim Feuermachen erwischt haben?«

Ich nickte.

»Und du meinst, Günter kommt mit?«

Ich nickte.

»Ist der so blöd?«

»Wir haben ihn die ganze Woche mitspielen lassen. So ganz normal! Der meint, wir wären jetzt Freunde«, sagte ich.

»Scheiß Geschichte. Hoffentlich ist die Flinte auch geladen«, sagte Luise und öffnete das Gatter, weil die Kühe anfingen zu blöken und zu drängeln. Die schweren Euter schwankten beim Gehen hin und her. Überall sausten

Fliegen nervös um ihre Augen und den Hintern herum. Die Kühe schüttelten die Köpfe und schlugen mit den Schwänzen, um sie zu vertreiben. Es nutzte nicht viel. Luises Hund, ein gelber Schäferhund mit dem komischen Namen *Wasser,* war fast ebenso klug wie Roland. Er leitete die Kühe ganz langsam den Weg entlang. Einige schissen im Gehen auf die Straße.

Luise führte das Fahrrad an der Hand und ich ging neben ihr her. Vom Dorf aus konnte uns niemand sehen, weil Gebüsch und ein Stück Wald die Sicht versperrten.

»Ich weiß nicht, ob sie geladen ist«, sagte ich. »Aber wenn alles gut geht, brauchst du nicht zu schießen.«

»Ich würde sowieso nicht gerne auf Menschen schießen. Kommt aber drauf an! Vielleicht schieß ich in die Luft, um Leonhard Angst einzujagen. Das mach ich! Leonhard mit seiner großen Fresse ist mir scheißegal.«

Wir gingen schweigend nebeneinanderher. Die Kühe drehten ganz von allein ab zum Bach und soffen sich satt. So ein Bach wurde nie leer. Wir blieben stehen, bis sie fertig waren.

»Ich würde ja an eurer Stelle einfach wegbleiben. Leonhard mit seinem Scheiß alleine lassen. Mit oder ohne Günter. Was passiert denn, wenn ihr einfach zur Mutter von diesem Günter geht und euch entschuldigt?«

»Das habe ich ja vorgeschlagen, aber Leonhard hat Angst, dass sie aus dem Haus rausmüssen und dass er in eine Erziehungsanstalt kommt. Der Vater von Erwin hat ihm das auch angedroht. Die Erwachsenen drehen doch durch, wenn man die Wahrheit sagt.«

Ich dachte an meine Eltern. In einem Fall hatte ich es mal mit der Wahrheit versucht und ich hatte schreckliche Prügel bekommen.

»Und du?«

»Wenn ich zu meinen Eltern zurückmuss, weil mein Onkel es so bestimmt, geben sie mich in ein frommes Internat. Dann bin ich erledigt.«

»Scheiße!«, sagte sie noch einmal. »Ab halb drei bin ich am Sonntag im Wald. Sorge dafür, dass der Karabiner da ist. Wem gehört der eigentlich?«

»Mein Onkel war beim Volkssturm. Er hat ihn in der Scheune im Stroh versteckt.«

»Wenn er merkt, dass er weg ist?«

Ich schwieg, weil ich nicht einmal sicher war, dass ich das Ding noch finden würde. Vielleicht hatte mein Onkel ihn weggeschafft, ohne dass ich es mitbekommen hatte. Ich musste es darauf ankommen lassen.

»Warum sollte er gerade morgen danach suchen?«

Ich nahm den Weg über den Bach, damit man uns nicht zusammen sah. Das war auf alle Fälle sicherer.

14

Als ich meiner Schwester den Brief schrieb, machte ich mir nicht klar, dass er erst ankommen würde, wenn alles vorbei war. Es tat mir einfach gut, ihr zu schreiben, so als wäre sie mir dabei nahe.

Liebe Eva,
von meinem Pferd Lotte habe ich schon geschrieben, und auch, dass mein Zeugnis ganz in Ordnung ist. Sonst ist leider hier im Moment wenig in Ordnung. Wir haben einen Jungen aus dem Nachbardorf ziemlich übel behandelt. Noch hat er nicht verraten, wer es war. Wir haben Angst, dass er es tut. Dann kann ich mich hier verabschieden. Erwin und Leonhard kommen ins Heim, Dietrich auch. Die anderen kriegen Prügel und sonst was. Einer meiner Freunde meint, wir sollten ihn wegschaffen. Dann wäre die Gefahr vorbei. Dieser Junge ist zurückgeblieben, wie man hier sagt, aber nicht richtig. Keine Ahnung, aber man kann wenig mit ihm anfangen.

Ich weiß nicht, ob ich mitmachen soll. Wenn ich nicht mitmache, stehe ich ziemlich allein hier im Dorf. Wenn ich mitmache und es kommt raus, schmeißt mich Onkel Rudolf raus. Das ist mal sicher. Wenn es nicht rauskommt, dass ich mitgemacht habe, werde ich mich vermutlich trotzdem ziemlich miese fühlen. Weil man es nicht vergessen kann. Was soll ich bloß machen? Ich habe einiges vorbereitet, es zu verhindern. Ob es klappt, weiß ich nicht. Fritz will nicht richtig mit

mir darüber reden. Er sagt: Das müsst ihr selbst in Ordnung bringen. Wenn ich ihm oder dem Onkel die ganze Wahrheit gestehe, fliege ich auch raus.

Aber jetzt ist es eben passiert. Wenn es geht, schreib mir einen Ratschlag. Möglichst bald.

Dein Freddy

Den Brief brachte ich gleich am Abend zum Briefkasten an der Gaststätte Bartelmes. Auf dem Rückweg wollte ich noch Dietrich aufsuchen. Aber er war mit seinem Onkel Jakob in Diahren unterwegs. Vielleicht war es sogar besser, wenn niemand wusste, was ich mir mit Luise ausgedacht hatte.

Fritz und ich brachten am Samstag mit dem Kastenwagen Kartoffeln zum Bahnhof nach Schneega. Das war ein weiter Weg. Wir kamen erst spät am Abend zurück. Die Pferde waren müde. Ich wischte Lotte mit einem Tuch den Schweiß von Bauch und Rücken, gab ihr Hecksel und Hafer, vorher einen Eimer Wasser. Sie trank ihn leer.

Das Leben mit Lotte und meinen Leuten hier könnte so schön sein, wenn diese Geschichte nicht wäre. Das Schlimmste war, dass keiner ein Wort darüber zu mir sagte. Wenn Fritz nicht geschwindelt hatte, wussten es alle und sagten nichts. Auf dem Weg nach Schneega tat Fritz, als wenn nichts passiert wäre. Ich traute mich nicht, ihn noch einmal darauf anzusprechen.

Wie sollte das weitergehen?

Morgen war Sonntag, die ganze Familie ging heute früh schlafen. Vielleicht wollten einige in die Kirche.

Als ich sicher sein konnte, dass alles ruhig war im Haus, tastete ich mich lautlos die Treppe hinunter und stieg im Flur durch das Fenster nach draußen. Offensichtlich hatte ich niemanden geweckt. Ich schlich mich am Kuhstall entlang zur Scheune. Roland kam hinter mir her, aber er bellte nicht. Ich durfte kein Licht machen und brauchte ein paar Minuten, bis sich meine Augen an die Dunkelheit gewöhnt hatten. Ich tastete mich vor, bis ich die Sprossen der Leiter erreichte und hochsteigen konnte. Hier oben war es noch dunkler, aber ich hatte mir die Stelle im Strohhaufen gemerkt. Den Karabiner hatte mein Onkel in ein Tuch eingeschlagen. Ich zog das Bündel heraus, strich das Stroh glatt, damit man das Loch nicht sah. Die Leiter hinabzusteigen mit dem Bündel in der Hand war schwierig. Ich zwängte mich durch das Scheunentor und schloss es lautlos. Der Karabiner wog so viel wie ein kleiner Sack Kartoffeln. Im Hoftor zögerte Roland, dann kam er hinter mir her. Ich war froh, dass er dabei war. Allein im Wald wäre mir noch unheimlicher gewesen. Was da alles passieren konnte, hatte ich durch die Geschichten der Erwachsenen erfahren. Die erzählten sie sich abends, wenn Opa am Webstuhl saß und die Schiffchen hin und her flitzten. Sie konnten einem richtig Angst einjagen.

Wir nahmen nicht den Weg durch die Wiese, sondern durch das Dorf. Mit dem Gewehr im Dunkeln über den Bach zu kommen würde schwierig sein. Es war gegen Mitternacht und ich sah in keinem der Fenster Licht. Roland ging nah bei Fuß, so als sei ihm der Weg durch die Nacht auch unheimlich. Ich hoffte, niemand würde zufällig aufwachen, aus dem Fenster gucken und uns sehen. Das Bündel presste ich dicht an meinen Körper.

Da, wo man von der Landstraße zum Heidmoor abbiegt, lagerten alle paar Monate Zigeuner. Mit mehreren Wohnwagen, die von kleinen Pferden gezogen wurden. Sie kamen plötzlich, verkauften Sachen im Dorf und nach ein paar Tagen waren sie wieder weg. Ich stand immer gern am Rand des Platzes, weil es spannend war, was sie machten und wie sie aussahen. Nur Zigeunermusik, von der alle redeten, hatte ich bei ihnen noch nie gehört.

Jetzt war der Platz leer, sonst hätte ich mich nicht getraut. Von Zigeunern und was die einem antun können handelten viele Geschichten, die man sich erzählte. Sie sollen sogar Schultzes Mutter aus Zorn *besprochen* haben, was nichts anderes heißt als verhext. Seit der Zeit konnte sie keine Nacht mehr schlafen und machte allerhand Unsinn im Haus.

An der Birke hatte ich genug Laub und Äste zusammengesammelt und konnte das Gewehr in weniger als einer Minute verschwinden lassen. Hoffentlich würde es nicht regnen. Erleichtert machte ich mich auf den

Heimweg. Was sollte ich sagen, wenn jemand bemerkt hatte, dass ich nicht im Bett war? Als ich mich endlich wieder hinlegte und die Decke über den Kopf zog, fühlte ich mein Herz noch lange klopfen.

Am Morgen, nach dem Frühstück, striegelten Fritz und ich die beiden Pferde und ließen sie zu den Kühen auf die Koppel hinterm Haus. Kühe und Pferde vertragen sich. Fritz zog sich nach dem Melken und Pferdefüttern seinen guten Anzug an. Er hängte sich seine Posaune auf den Rücken, steckte sich Hosenklammern an, stieg aufs Fahrrad und fuhr nach Brassau. Sie würden heute mit dem Posaunenchor im Gottesdienst spielen.

»Du sollst mit«, hatte er mir am Abend gesagt, aber ich wollte nicht. Ein Gottesdienst passte nicht gut zu dem, was wir vorhatten. Dass ich nachts im Wald war, hatte wohl niemand bemerkt.

Nach dem Mittagessen legten sich die Erwachsenen ins Bett. Ich stand auf dem Hof herum, gleich würden wir uns im Wald treffen. Leonhard hatte gesagt, wir sollten nicht zusammen gehen, sondern verschiedene Umwege machen. Damit man später nicht beweisen könnte, dass wir zusammen im Wald gewesen waren. Ich war unsicher, ob ich schon losgehen sollte. Was war, wenn ich unterwegs Günter treffen würde? Da kam er schon auf unseren Hof.

»Wo ist Lotte?«, fragte er. Wir gingen an das Gatter zur

Koppel. Vorne am Zaun sammelten sich die Hühner und Enten. Wenn sie Menschen sahen, dachten sie jedes Mal, es gäbe Futter. Die waren ziemlich blöd.

Günter betrachtete fachmännisch Lotte und Schorse, die weiter weg grasten und manchmal den Kopf hoben.

»Schorse ist sehr schön«, sagte er. »Hannoveraner, wie es im Buch steht! Und Lotte hat sicher 'ne Menge Trakehnerblut. Gehen wir?«

Wenn Lotte etwas von den berühmten Trakehnern hätte, wäre das nicht schlecht.

»Besser nicht durch die Wiese hier. Ist da hinten zu sumpfig. Wir gehen bei Schultzes über den Hof, dann treffen wir die anderen später.«

Günter schien sich nichts dabei zu denken und wir schlenderten ganz normal über Schultzes Hof. Soviel ich feststellen konnte, beachtete uns niemand, weil am Sonntag die Bauern ihre Ruhe haben wollten. Wenn ich allein mit Günter ging, war er weniger komisch als sonst. Er stotterte kaum. Schultzes und Schröters Hunde kannten mich und blieben im Schatten liegen. Nebenan bei Schröters im Garten sah ich unter dem Sonnenschirm einen Strohhut, vermutlich Irmgard oder Herta. Sie konnten uns von da aus nicht sehen. Gut.

Vielleicht waren heute doch Arbeiter an der Torfkuhle. Ich hatte einmal Arbeiter am Sonntag gesehen, die werkelten da herum. Oder hielten Wache. Aber das war nur meine Hoffnung. Dann könnten wir es vielleicht nicht tun, weil Leute in der Nähe waren. Vielleicht waren auch Polen da, die abgehauen waren und sich hier noch herumtrieben, bevor sie nach Polen zurückgingen. Einem Bauern in einem anderen Ort hatten sie den Bauch aufgeschlitzt, weil er sie früher schlecht behandelt hatte. Manche blieben für immer hier, heirateten sogar Einheimische, hatte ich gehört.

Ich kämpfte mich mit Günter durch das Unterholz, dann durch ein Stück Moor. Ich kannte den Weg. Wir mussten aufpassen, dass wir auf feste Stellen trafen, sonst hatte man sich die Schuhe versaut oder versank für immer. So ein Moor hat es in sich. Günter ging hinter mir, weil er den Weg nicht kannte.

»Tritt genau auf die Stellen, auf die ich trete«, riet ich ihm. Er blieb dicht hinter mir. »Wenn es dir zu gefährlich ist, kehr lieber um und geh nach Hause.«

Ich hatte es nicht laut gesagt, aber so, dass er es hören konnte. Er schüttelte nur den Kopf. »Ist doch toll hier«, sagte er.

Für ihn war es ein echtes Abenteuer. Ich war leider kein großer Held, sonst hätte ich ihn schon früher weggeschickt. Der Gedanke, dass ich es wenigstens versucht hatte, beruhigte mich nicht.

Nach diesem kurzen Stück hatten wir wieder festen Boden unter den Füßen. Wir kamen an der Stelle vorbei, wo die Bauern am Kriegsende noch einen Bunker gebaut hatten gegen feindliche Bomben, als Versteck vor den Russen. Alle, die noch arbeiten konnten, hatten mitgeschaufelt und mitgehämmert. Auch die Frauen und Kinder. Der Bunker war gerade fertig geworden, und wir hatten Grasröschen drübergelegt als Tarnung, da stellten unsere Soldaten eine Flak genau an die Stelle. Sie benutzten den Bunker als Schlafsaal. Wahrscheinlich hatten sie hier alles zerstört, bevor sie abrückten.

Es fielen sowieso keine Bomben auf unser Dorf. Glücklicherweise. Das war eine Zeit, als Günter und die anderen noch in Ostpreußen oder anderswo waren oder schon auf der Flucht. Günter sagte nichts, als wir um das Bunkerloch herumgingen. An ein paar zerbrochenen Balken und Brettern konnte man noch erkennen, dass hier mal etwas gewesen war.

»Hier in der Höhle sollten wir uns verstecken, wenn die Russen kommen«, erklärte ich ihm.

Wir drehten in den Wald ab.

Günter hatte überhaupt keine Angst. Ich merkte wenigstens nichts davon. Ein bisschen Rotz hing wieder an seiner Nase. Ich war froh über den hässlichen Rotz, weil so alles einfacher sein würde. Einfacher, ihn umzubringen? Aber ich wollte es doch verhindern! Seit ich wusste, dass Günter etwas von Pferden verstand, war ich erst recht nicht mehr einverstanden, ihn umzubringen.

Den ganzen Weg über ging mir durch den Kopf: *Was wird jetzt passieren? Was soll ich machen?* Es war unmöglich, mir einen genauen Plan zurechtzulegen. Zwischendurch vergaß ich Luise, dann dachte ich daran und dass es eine blöde Idee war, die nicht funktionieren konnte.

Vielleicht riss Leonhard ihr einfach das Gewehr aus der Hand. Was dann?

Dann kamen wir bei den anderen an. Auch wenn ich nur so tat, als würde ich mitmachen, steckte ich drin. Es sei denn, Luise kam rechtzeitig. Wenn ich sofort Nein sagte, würde ich vielleicht blöd dastehen und kriegte die Wut der anderen zu spüren. Hätte ich nur Dietrich an meiner Seite, wäre das keine große Hilfe. Vielleicht würden sie mich und Dietrich auch in den See schmeißen.

15

An der Sandkuhle, hinter Mahlers Wiese, sah ich Leonhard und die anderen an einer Birke stehen. Ich wollte winken, ließ es dann aber.

»Bleibt einen Moment da stehen!«, rief Leonhard.

Was sollte das? An dem Stamm der Birke lehnte das Eisenrad. Von dem, was Leonhard erklärte, verstand ich nichts. Ich konnte sehen, dass das Rad lange im Morast gelegen hatte. Leonhard hielt in einer Hand Kordeln, mit der anderen zeigte er, wie er es sich gedacht hatte. Günter sollte auf das Rad gebunden werden. Er griff an eine Seite und ich erkannte, was er meinte: wir würden alle anpacken. Dann winkte er mir, Günter und ich kamen mit den anderen an der Sandkuhle an.

»Wir setzen uns erst mal«, sagte Leonhard und wir ließen unsere Beine über den Rand der Sandgrube baumeln. Günter setzte sich etwas von den anderen entfernt. So als gehörte er dazu, aber nicht richtig. In den Wänden der Sandkuhle hatten Schwalben ihre Nester und flogen ein und aus. Hier gab es außerdem Füchse. Einmal hatten wir einen Fuchsbau ausgegraben und Hühnerfedern gefunden, ein Huhn von Emmi Sommer, Dietrichs Mutter. Das hat Dietrich sofort an der Färbung der Federn erkannt. Füchse waren bei den Bauern nicht beliebt, wie du dir denken kannst.

Es war drückend warm, den Himmel bedeckten weiße

Wolken. Zuerst schwiegen alle, und wir warteten darauf, dass Leonhard etwas sagte. Wäre er einen Augenblick lang oder gar nicht da, wäre es leicht, die anderen zu überreden, das mit Günter nicht zu tun. Und alles wäre vielleicht vorbei und wir könnten nach Hause gehen. Und dann? Wie würde Erwin sich verhalten? Er würde uns nicht zwingen, es zu tun, auch wenn er der stärkste von uns war. Er legte es nie darauf an, zu bestimmen.

Besser, Leonhard wäre krank geworden oder er hätte nicht weggekonnt, weil seine Mutter Arbeit für ihn hatte. Aber er durfte immer weg, oder er ging einfach. Er hatte zwei Schwestern, die den Abwasch in der Küche nach dem Essen erledigten.

»Wir werden diese Sache richtig zu Ende bringen, hört ihr? Das ist für alle besser. Wir tun so, als wäre es eine Art Spiel, wenn wir das mit den Stricken machen. Wir packen alle an, und ab in den See. Dann gehen wir auf verschiedenen Wegen nach Hause.« Leonhard flüsterte fast, redete hektisch und hatte rote Flecken im Gesicht. »Der wiegt nicht viel.«

Ich war nicht sicher, ob Günter alles mitgehört hatte. Und wenn, hatte er nicht verstanden, um was es ging.

Keiner sagte etwas. Ich musste jetzt etwas unternehmen!

»Wir machen es nicht.« Den Satz würgte ich mehr heraus, als dass ich ihn sagte. Ich war nicht mal sicher, ob alle ihn verstanden hatten. Meine Stimme war ganz kratzig. »Es ist nicht richtig.«

Leonhard fuhr mich giftig an. »Wir haben es beschlossen. Hast du das vergessen? Jetzt ist nicht die Zeit herumzueiern! Wie stellst du dir das überhaupt vor?« Aber er stand auch nicht auf, um anzufangen mit dem, was er vorhatte. Die Stricke hielt er immer noch in einer Hand.

Wir guckten alle in eine Richtung, weil wir nebeneinander am Rand der Sandkuhle saßen. Weiter vor uns, hinter Gestrüpp und Bäumen, lag die schwarze Kuhle, in vielleicht dreißig Metern Entfernung. Ich dachte, jetzt wird Leonhard aufstehen, und dann würden wir Günter festbinden. Und dann würde Luise kommen und endlich Schluss machen. Egal, was danach kam. Ich hatte Herzklopfen wie verrückt.

»Also los!«, sagte Leonhard. Er bewegte sich ein bisschen, stand aber immer noch nicht auf.

Da hörten wir hinter uns eine Männerstimme. Wir hatten keine Schritte gehört. Wir drehten uns erschreckt um. Ich dachte sofort, das sei die Rettung. Ein Erwachsener, ein Engel, der mir, der uns helfen würde.

Da stand der Mann, schon dicht hinter uns. Ich kannte ihn nicht. Er war nicht besonders groß, trug eine verschlissene Uniform der Wehrmacht, von der alle Abzeichen abgetrennt waren. Die Hosenbeine waren zu lang. Auf dem Kopf mit den angegrauten wirren Haaren trug er kein Käppi. Manchmal erlaubten die englischen Besatzer, dass Männer diese Klamotten auftrugen, weil es nicht viel Neues zu kaufen gab. Und die Leute kein Geld hatten.

Vor allem Spätheimkehrer sah man oft so herumlaufen. Dieser sah aus wie ein Spätheimkehrer, er war schlecht rasiert und ziemlich mager. Sein Gesicht hatte trotzdem etwas Heiteres, vor allem um Mund und Augen. So als würde er gern humorvolle Sachen sagen. Zugleich zuckte alle Augenblicke seine linke Gesichtshälfte. Er machte das vermutlich nicht absichtlich.

»Ist ja richtig schön hier, Jungs. Macht mal ein bisschen Platz für einen alten Mann«, sagte er launig und zwängte sich zwischen Leonhard und Erwin. Ich saß ganz am anderen Rand, neben mir Manni; Walter, Dietrich und Günter auf der anderen Seite. Keiner von uns sagte etwas. Der Mann zog in aller Ruhe eine Packung Zigaretten aus der Jackentasche und ein Feuerzeug. Er zündete sich eine Zigarette an, zog daran und blies den Rauch in Kringeln in die Luft. Ich konnte meinen Blick nicht von seiner zuckenden Gesichtshälfte abwenden.

»Sonntagsausflug?« Er stieß dabei Leonhard an, aber eher freundschaftlich.

»Was denn sonst«, antwortete Leonhard mürrisch. »Wir sind sonntags immer hier.«

»Jeden Sonntag, sagst du? Ihr wollt wohl Abenteuer erleben, wie richtige Helden.«

Was sollte man auf solchen Kinderkram antworten?

»Seid ihr stumm, oder warum sagt niemand etwas?«

Leonhard rutschte hin und her. Da sagte Erwin etwas.

»Sie sind doch nicht von hier, oder?«

Der Mann lachte.

»Ist das hier für Fremde verboten?«

Erwin schüttelte den Kopf. »Das nicht!«

»Na also! Da bin ich aber froh. Und dass überhaupt jemand reden kann. Ich dachte schon, ich hätte eine Truppe von Behinderten vor mir. Das hätte mir noch gefehlt!«

Er warf seine Kippe in die Sandkuhle, ein bisschen Rauch stieg auf. Brennende Kippen durfte man im Wald nicht einfach wegwerfen, fiel mir blöderweise ein.

»Wir gehören zusammen, normalerweise stört uns hier niemand«, sagte Leonhard.

Der Mann tat so, als hätte er Leonhard nicht gehört. Er sah sich ausführlich um, als würde er die Umgebung zum ersten Mal betrachten.

»Seid ihr alle aus dem Dorf?« Er sah uns der Reihe nach an.

»Sicher«, sagte Leonhard. »Nur der da nicht.«

Er zeigte mit dem Kopf in Richtung Günter.

»Und wer ist Freddy?«

Ich hob einen Finger.

»Also das ist der Freddy. Das freut mich aber«, sagte er. »Ich hab dich früher schon mal gesehen. Aber da hast du noch in die Windeln geschissen.«

Mir rasten eine Menge wirrer Sachen durch den Kopf. Dass mit diesem Fremden vielleicht Leonhards Plan geplatzt war. Es sei denn, er verschwand ganz schnell, weil er nur zufällig hier vorbeigekommen war. Woher kannte er meinen Namen? Irgendwo hatte ich sein Gesicht schon einmal gesehen. Aber es fiel mir nicht ein.

»Wo wohnt der denn?«, fragte der Mann und zeigte auf Günter. »Der dahinten.«

»Das ist Günter«, sagte Leonhard, und ich sah ihm an, dass er sich nicht wohl fühlte. »Der ist aus Klausen.«

»Aha! Gehört der trotzdem zu euch?«, fragte der Mann.

»Hab ich doch gesagt, dass wir zusammengehören.« Leonhards Stimme war zänkisch, sein Blick huschte hin und her.

»Ich frag ja nur, weil er aus Klausen ist und anders als ihr.«

»Wie, anders?«, fragte Erwin. »Was soll an dem denn anders sein.«

Auch darauf ging der Mann nicht ein. Er steckte sich noch eine Zigarette an, lehnte sich ein bisschen zurück, auf einen Ellbogen gestützt.

»Raucht von euch jemand?«

Erwin antwortete und lachte dabei, irgendwie erleichtert. »Nur manchmal. Wir dürfen uns nicht dabei erwischen lassen. Im Wald rauchen ist verboten.«

»Ich verrate euch nicht.« Er bot uns aber keine Zigaretten an. »Wie heißt er noch mal? Ich meine den komischen Vogel da aus Klausen!«

»Günter«, erwiderte ich. Ich wusste nicht, warum der Mann das noch einmal fragte.

»Warum geht der mit euch? Gibt es in Klausen keine Kinder?«

»Das kann er machen, wie er will«, murmelte Leonhard.

»Was habt ihr denn mit diesem Günter vor? An diesem friedlichen Sonntag«, fragte der Mann.

»Wieso, was sollen wir denn vorhaben?«, stotterte Leonhard. Günter hatte sich die ganze Zeit nicht bewegt, er sah ganz still vor sich hin, als ginge ihn das alles nichts an. Ich spürte, wie mein Gesicht heiß wurde und ich am liebsten weggerannt wäre. Verdammt, warum fiel mir nicht ein, wo ich den Mann schon einmal gesehen hatte. Mir raste auch durch den Kopf, dass Luise mit dem Karabiner im Gebüsch stand und alles beobachtete. Ich sah wie zufällig zum Waldrand, aber da rührte sich nichts.

»Ist so einer etwa euer Freund?«, fragte der Mann.

»Was denn sonst«, sagte Leonhard unwillig.

»Ich denke mal, ihr habt was mit ihm vor, oder? Irgendeine Teufelei. Man hört ja so allerhand, was hier passiert ist in letzter Zeit. Wo ihr sicher eure Finger drin hattet.«

Leonhard sagte nichts. Er guckte verlegen, sein Blick huschte wieder hin und her. Aber der Mann sah schon nicht mehr zu Günter, sondern nach links, wo an der Birke das Eisenrad stand. Dahinter im Gebüsch würde Luise uns beobachten. Oder sie war abgehauen, weil der Fremde aufgetaucht war. Ich war aber ziemlich sicher, dass sie da war. Ich wusste nicht, warum. Vielleicht, weil eine wie die Luise Courage hatte. So eine haut nicht sofort ab, wenn es brenzlich wird. Es sei denn, sie hatte es sich anders überlegt.

»Was ist denn das für ein Rad da vorne an der Birke?

Noch ganz feucht vom Morast. Was wollt ihr denn damit?«, fragte der Mann und zeigte auf das Eisenrad.

Warum erwähnte er das Rad? Was wusste er davon? Keiner sagte etwas, niemand von uns sah zu dem Rad an der Birke.

»Wenn keiner antwortet von euch Helden, dann mache ich mir so meine eigenen Gedanken.« Er guckte alle der Reihe nach an, auch jetzt noch sagte niemand etwas. »Dann rechne ich mir mal aus, warum ihr hier seid mit dem kleinen Idioten da. Der euch alle in die Pfanne hauen könnte. Wegen der Geschichte von vor ein paar Wochen. Davor habt ihr doch Schiss, oder?«

Wieder trat eine Pause ein. Ich wollte jetzt unbedingt etwas sagen, aber meine Kehle war wie zugeschnürt.

»Könnte es sein, dass ihr ihn umbringen wollt, den kleinen Kerl? Dann hättet ihr endlich Ruhe. Keine besonders schöne Geschichte, die ihr mit ihm angestellt habt. Ihr wisst sicher, wovon ich spreche, oder?«

Wäre ich doch irgendwo anders, dachte ich. Noch nie hatte ich einen solchen Druck gespürt.

»Wir wissen gar nicht, wovon Sie reden!«, antwortete ihm Leonhard.

»Red keinen Scheiß, Junge! Ich seh es euch doch an. Oder haltet ihr mich für blöd? Dann mal los! An die Arbeit!«

Der Mann sprang plötzlich in die Sandkuhle, blieb da unten stehen. Er blickte zu uns hoch, wandte sich jetzt direkt an Leonhard.

»Erzähl mal, wie wollt ihr das machen? Ihn auf das Rad binden und dann ab ins Wasser? Oder vorher ersäufen wie 'ne Katze?«

Leonhard kaute an seinen Lippen, seine Augenlider zuckten. »Wir wollten gar nichts machen!«, sagte er schroff. »Wir dürfen ja wohl hier im Wald sitzen, oder?«

»Feige seid ihr also auch noch«, sagte der Mann. »Also raus mit der Sprache!«

»Sie sind nicht von hier. Was wir hier im Wald machen, geht Sie gar nichts an!« Leonhard warf uns flackernde Blicke zu, wartete vielleicht auf unsere Zustimmung. Aber alle schwiegen. Er war rot geworden im Gesicht, als er uns plötzlich anschrie. Genau so hatte er geschrien, als Günter unter der Lore steckte und er nicht aufhören wollte, Steine zu schmeißen. Als er auf der Lore herumtrampelte wie verrückt.

»Hat einer von euch gequatscht?«, schrie er und stand auf.

Ich sah, wie zuerst Erwin, dann Walter und Dietrich den Kopf schüttelten.

»Nä«, sagte Manni. »Würde ich nie machen.«

»Aber Freddy hat mit seinem Vetter darüber geredet.« Jetzt war Leonhards Stimme fast triumphierend.

»Doch nicht darüber!«, sagte ich laut. »Hab ich dir doch erzählt!«

Der Fremde hatte jetzt wieder sein schiefes Lächeln aufgesetzt. Er ging in der Grube ein paar Schritte auf und ab, fuhr sich mit der Hand über die linke Seite seines Gesichts, so als wollte er das Zucken wegwischen.

»Also liege ich richtig mit meiner Vermutung. Sehr interessant! Ich sage euch jetzt mal, wie ich es anstellen würde.« Er hatte plötzlich ein ganz wachsames Gesicht. »Da drüben habe ich die Torfkuhle gesehen, mit dem schwarzen Wasser. Da würde ich ihn absaufen lassen.«

Wir starrten den Mann an, als sei er eine böse Erscheinung. Er sprach eindringlich weiter, wie jemand spricht, der gute Ratschläge gibt. »Ihr müsst nur warten, bis er hinüber ist. Dann raus mit ihm und auf das Rad gebunden. Ihr habt ja sogar schon an die Stricke gedacht. Das hat mich gewundert, als ich sie vorhin gesehen habe. Sieh mal an, habe ich gedacht. Diese kleinen Verbrecher denken auch an alles. Perfekte Planung! Wenn ihr es so macht, dann soll die Polizei ruhig das ganze Moor absuchen! Da unten findet ihn niemand! Und von mir erfährt keiner etwas. Versprochen!« Er lachte laut.

Ich sah zu Günter rüber, er hatte ein Stöckchen in der Hand und spielte damit. Ich meinte sogar, dass er ganz zufrieden aussah, wie er da so saß. Hatte er nichts mitgekriegt? Das konnte ich mir nicht vorstellen. Im Pferdestall war er ganz normal gewesen.

»Lassen Sie uns in Ruhe!«, fuhr Leonhard den Mann an. »Wir sitzen hier rum und es geht Sie nichts an, was wir machen.«

»Ganz ruhig, mein Junge! Ich will euch doch nur helfen.«

»Was wollen Sie? Uns helfen?«

Der Mann sagte ganz sanft, als wollte er Leonhard beschwichtigen: »Damit es nicht schiefgeht, mein Junge. Du bist doch der Älteste und der Hauptkerl, oder? Also rede ich mit dir! Oder will noch jemand etwas sagen?«

Er sah uns der Reihe nach an. Ich wollte etwas sagen, aber ich brachte keinen Ton heraus. Verdammt, was wollte der Mann? Ich sah, wie er ganz ruhig unter seine Jacke griff. Seine Hand zog eine Pistole hervor.

»Damit geht es einfacher, mein Junge. Den Schuss kann man im Dorf nicht hören. Hab ich früher mal ausprobiert. Von Schießen verstehe ich was! Leg ihn um, den kleinen Kerl. Ein sauberer Schuss in die Stirn. Dann aufs Rad gebunden und ab ins schwarze Loch! Wenn er euch immer Ärger gemacht hat, dann macht doch Schluss mit ihm!«

Mir wurde eiskalt. Ich konnte das Zittern nicht mehr unterdrücken. Wir guckten mit erstarrten Gesichtern auf die graue Waffe in der Hand des Fremden. Er lächelte immer noch, aber nicht mehr freundlich. Leonhard saß da und rührte sich nicht.

»Los, oder hast du plötzlich keinen Mut, du Scheißkerl?«

Leonhard starrte auf die Pistole, nahm sie aber nicht. »Wer sind Sie eigentlich?« Seine Stimme hörte sich fremd an. Er wusste auch nicht, wo er mit seinen Händen hin sollte.

»Ist doch egal, wer ich bin! Ich will dir nur sagen, dass

ich mich auskenne. Als erfahrener Soldat hat man so einiges gelernt ...« Nachdenklich zog er die Zigaretten aus der Tasche und zündete sich noch eine an. Er guckte jetzt zum Wald hinüber und sprach weiter. »Wenn es um so schwierige Sachen geht, kann man immer Hilfe von einem Fachmann brauchen.« Er blies genüsslich den Rauch in die Luft, dann zeigte er mit der Zigarette auf Günter. »Seht ihn euch doch an, den Idioten! Ihr meint doch alle, der gehört nicht hierher!« Er lachte wieder ganz fröhlich.

Er blieb stehen, dann reichte er Leonhard die Pistole nach oben. Der nahm sie zögernd entgegen und besah sie sich genau. Er ließ sich Zeit. Vielleicht überlegte er etwas. Mir schoss durch den Kopf, dass Leonhard jetzt vielleicht den Mann erschießen würde. Ich wollte es nicht, aber der Gedanke, der Mann wäre endlich weg, war auch eine Art Erleichterung. Ich wollte aufspringen und ihm die Pistole aus der Hand reißen. Aber ich konnte mich nicht rühren. Alles hier war wie ein böser Traum.

»Ich geh jetzt mal. Macht euren Kram allein«, sagte der Mann. Ich sah eine enttäuschte Handbewegung. »Ich muss mir die Beine vertreten. Ich komme vielleicht wieder. Vielleicht auch nicht. Wir werden ja sehen, was ihr für Kerle seid.« Er warf die Kippe wütend auf den Boden, und wütend sagte er noch: »Was gehen mich eure dreckigen Geschichten an? Bin ich euer Pastor oder was? Ich hau ab. Wenn ihr fertig seid, schmeißt die Pistole ins Moor.«

Schnell war er zwischen Birken und Tannen verschwunden. Ohne sich noch einmal umzusehen. Mein

Gesicht war heiß, wahrscheinlich ganz rot. Ich starrte auf die Zigarettenkippe, von der noch Rauch aufstieg. Dann stand ich auf. Auch Günter rappelte sich hoch.

»Kennst du den Mann?«, fragte ich Günter.

Er schüttelte erst den Kopf, dann hob er einmal kurz beide Arme und ließ sie wieder fallen. »Ich weiß nicht, wie er heißt. Er war gestern bei uns zu Haus, bei Bauer Tramms, und hat dann auch mit meiner Mama geredet. Ich war nicht dabei, sondern auf dem Hof.«

»Ist das vielleicht dein Vater?«, fragte ich ihn. Günter schüttelte den Kopf. *Komm, wir gehen,* wollte ich sagen, aber dann dachte ich daran, dass Luise hinter den Büschen stand. Ich musste ihr unbedingt sagen, sie solle nach Hause gehen. Den Karabiner würde ich später irgendwo finden und wieder im Stroh verstecken.

»Kennt jemand den komischen Witzbold? Der ist doch nicht ganz richtig im Kopf. Habt ihr seine zuckende Fresse gesehen? Und was der uns da alles vorgeschlagen hat …« Leonhards Stimme war ganz verändert, sie hatte etwas Kratziges. Er hielt die Pistole immer noch in der Hand.

»Ich habe ihn schon mal gesehen. Ich weiß nur nicht wo«, sagte ich. »Egal, wer der verrückte Kerl ist. Wir müssen jetzt die Sache in Ordnung bringen, Leonhard. Nicht so, wie es geplant war.«

Einen Moment lang dachte ich, jetzt würde er die Pistole auf mich und Günter richten. Aber er warf sie achtlos auf den Boden.

»Wie, in Ordnung bringen? Nur weil ein unrasierter Soldatenarsch den Schlauberger spielt, unsere Pläne ändern? Man muss zu seinen Entscheidungen stehen! Du auch, Freddy!«

Leonhard wirkte trotz seiner Worte unsicher und klein. So als müsste er sich sehr beim Sprechen anstrengen. Er sah mich auch nicht feindlich an, obwohl ich ihm widersprochen hatte. Es war etwas anderes in seinem Blick. Aus irgendeinem Grund hatte ich plötzlich mehr Mut.

»Wir bringen Günter jetzt nach Hause«, sagte ich. »Wir sind da in eine Scheiße geraten. Wir müssen alleine wieder raus.«

»Was willst du seiner Mutter sagen? Und was kommt dann? Kannst du mir das mal verraten?« Leonhard hatte es so gesagt, als solle ich ihn beruhigen. Er stellte sich direkt vor mich hin. Seine Augen wirkten irgendwie leer. Die anderen, die noch an der Sandgrube gesessen hatten, waren auch aufgestanden.

»Egal, was kommt! Wir sollten abhauen, bevor der Mann wiederkommt.« Ich sah aus den Augenwinkeln zu den anderen. Ihre Gesichter waren starr und angespannt. Leonhard wirkte immer noch verzagt, rührte sich nicht, ließ die Schultern hängen. Von ihm hing jetzt alles ab. Ich ließ nicht locker. Leonhards Fragen konnte ich sowieso nicht beantworten.

»Wer weiß denn, was der Mann noch vorhat? Vielleicht ist er tatsächlich nicht ganz richtig im Kopf! Wenn wir was mit Günter machen, dann … das geht nicht. Das war von Anfang an falsch«, sagte ich.

Leonhard klopfte mit einer Hand gegen seine Hose, als würde er Staub abklopfen. Sein Gesicht sah aus, als würde es aus dem Leim gehen. So hatte ich ihn noch nie gesehen. So betreten und irgendwie verletzt.

»Die Erwachsenen, die versauen einem immer alles«, sagte er verzagt und stieß mit dem Fuß gegen die Pistole. Sie rutschte nur ein paar Zentimeter.

Ich sah in sein Gesicht und hatte einen Moment lang den Eindruck, als würde er gleich anfangen zu weinen. Ich hatte nicht verstanden, was er eigentlich sagen wollte.

»Ich hatte so eine Scheißwut, immer«, sagte er.

»Auf wen denn?«, fragte ich leise. Was konnte er meinen? Den Mann vielleicht? Oder irgendetwas, das früher passiert war? Aber er schwieg und guckte weg.

»Was meinst du mit ›immer‹?«, fragte Manni ihn freundlich.

»Ach, haltet doch die Fresse!«, sagte Leonhard leise. »Ich hab keine Lust mehr. Ich hau ab. Egal, was mit mir passiert.«

Leonhard bückte sich und grabschte hastig die Pistole vom Boden. Er drehte sich um, sprang in die Sandkuhle und durchquerte sie mit schnellen Schritten. Er steuerte auf das Moor zu, auf den schwarzen See. Er blickte nicht noch einmal zurück. Wir standen und horchten, wussten nicht, was er vorhatte.

Dann hörten wir ihn schreien: »So ein Mist! Wir wollten doch nur …!« Der Rest des Satzes ging unter, weil seine Stimme nicht mehr richtig mitmachte. Wir hörten ein Geräusch. Ich war sicher, dass der Klatscher von der Pistole herrührte.

Er kam auf dem Weg zurück noch einmal in unser Blickfeld, sah uns nicht an. Er wischte mit einer Hand an seinem Gesicht herum. Ich dachte, dass er vielleicht geweint hatte. Wenig später hatte er den Waldrand erreicht. Er ging, als hätte er gerade Prügel bezogen. Er tat mir leid. Ich wollte hinter ihm herrennen, tat es aber nicht. Was hätte ich ihm auch sagen sollen?

Ich wusste, dass die Geschichte hier noch nicht zu Ende war. So vieles war noch gar nicht geklärt, aber ich wusste nicht weiter. Wir standen unschlüssig herum.

»Was hat der plötzlich?«, fragte Manni, als hätte er etwas Schlimmes angerichtet.

»Lass ihn«, sagte ich, »der kriegt sich schon wieder ein.«

»Und wenn seine Familie aus der Wohnung fliegt? Was dann?« Manni war in Sorge.

»Dann finden sie eine neue, irgendwo. Immer noch besser als das, was wir vorhatten«, sagte ich leise, damit Günter nicht alles mitkriegte. Hatte der nicht schon genug gehört?

Da stand plötzlich der Fremde, wie aus dem Boden gewachsen, ganz nahe bei uns. Wegen unserer Aufregung hatten wir sein Kommen gar nicht gehört.

»Wo ist denn euer Hauptkerl geblieben?« Er hielt seine Hände in den Hosentaschen.

»Er ist gegangen«, sagte ich. »Er hat die Pistole im

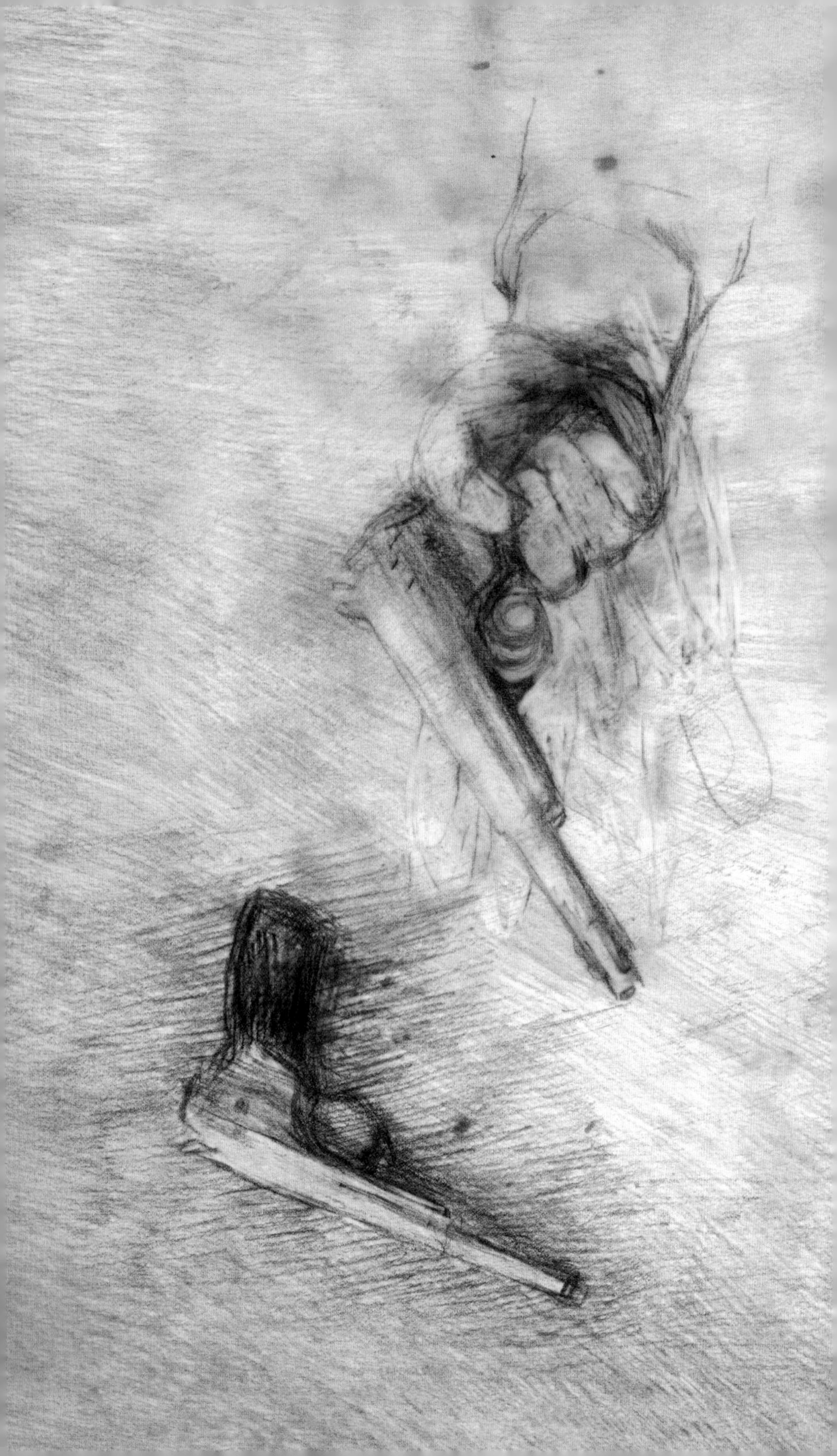

Moor versenkt. Wir brauchen so einen Scheiß nicht.« Ich sagte es ziemlich wütend.

»Keine Sorge, Freddy«, sagte der Mann. »Ich wollte sie sowieso verschwinden lassen. Er hat das für mich erledigt. Guter Junge!«

In dem Augenblick hörte ich vom nahen Waldrand, da wo die Birke stand und wo das Eisenrad angelehnt war, ein Geräusch. Da stand Luise, den Karabiner im Anschlag. Vielleicht zehn oder zwölf Meter entfernt. Den Lauf der Flinte hatte sie auf das große Eisenrad gelegt.

Ich schrie und rannte auf sie zu.

»Mach das nicht! Es ist alles in Ordnung!«

Sie hielt den Karabiner noch immer auf uns gerichtet, ihr Auge über Kimme und Korn, so als hätte sie mich nicht gehört. Ich sah, dass sich der Lauf des Gewehrs leicht bewegte. Dann krachte ein Schuss.

»Auf den Boden!« schrie der Mann. Ich sah nur schattengleich, dass er und meine Freunde sich hinwarfen. Es war wie eine Explosion. Etwas Rauch stieg aus dem Rohr. Ich war wie erstarrt, mein Herz raste. Ich sah mich langsam um, alle standen auf. Niemand hatte geschrien, war tot oder getroffen worden. Luise hatte in die Luft geschossen.

»Wer ist der Kerl?«, rief sie zu mir herüber. »Was will der hier?«

Ich hörte ein knackendes Geräusch, sie hatte nachgeladen. Ihr Finger lag immer noch am Abzug, sie zielte auf den Mann.

»Schieß nicht! Tu das Ding weg!« Sie rührte sich aber

nicht, eine Gesichtshälfte an den Schaft gepresst. Dann war ich bei ihr. Ich traute mich nicht, den Karabiner zu berühren, weil ich ihr angespanntes Gesicht sah.

»Will der was von euch? Soll ich ihn umlegen?« Sie flüsterte beinahe, ihr Gesicht ganz konzentriert.

Auch ich sprach leise, aber ziemlich hektisch und durcheinander. »Schieß nicht! Ich weiß nicht, wer er ist, Luise. Aber es ist alles anders gekommen. Mit Günter ist alles in Ordnung. Leonhard ist weg ... Wir machen es nicht ... Ich hab das nicht gewusst ... Der Mann hatte eine Pistole ...«

Es gab so viel, was ich ihr in dem Moment sagen wollte. Wo sollte ich anfangen. Ich hatte nur Angst, dass sie noch einmal schießen würde. Weil der Karabiner da war. Und der fremde Mann, den niemand von uns kannte. Weil sie nicht wusste, was inzwischen passiert war. Weil sie vielleicht auch eine Wut hatte, irgendeine. Dass es doch noch passieren könnte. Wenn sie doch nur das Ding runternehmen würde!

»Komm, wir bringen den Karabiner wieder weg!« Ich gab mir Mühe, ganz ruhig zu sprechen, und versuchte sie fortzuziehen. »Ich hole ihn heute Nacht und verstecke ihn in der Scheune. Dann merkt es keiner.«

»Und was wird mit Günter?«

Immer noch sprachen wir leise, die anderen standen am Rand der Sandkuhle und starrten zu uns herüber. Der Schrecken über den Schuss war ihnen anzusehen. Der Fremde hatte sich eine Zigarette angezündet. Langsam bewegte er sich auf uns zu, ich sah sein verschmitztes, jetzt stärker zuckendes Gesicht. Es war gleichzeitig ganz ernst. Er blieb vorsichtig einen Meter vor uns stehen.

»Wer ist denn das Mädchen, Freddy?« Er sprach mit mir, als wären wir alte Freunde, würden uns schon lange kennen. Auch Luise hatte das irgendwie mitgekriegt.

»Wer ist das?«, fragte sie, bevor ich noch etwas sagen konnte, und sie senkte den Karabiner um wenige Zentimeter.

»Gib mir das Ding, Mädchen«, sagte der Mann ganz ruhig und hielt seine Hand hin. Luise zögerte, sah mich an. Ich nickte zustimmend, war sicher, dass es das Richtige war. Obwohl ich nicht wusste, warum ich dem Typen vertraute. Sie reichte ihm das Gewehr, und er warf sich den Karabiner lässig über die Schulter.

»Ich versenke das Ding in der Moorgrube. Sonst passiert doch noch ein Unglück.«

Keiner sagte etwas.

»Wenn ihr wollt, wartet hier! Oder haut ab! Bringt Günter nach Hause. Ist ja wohl alles erledigt, oder?«

Wir sahen, wie er die Sandgrube durchquerte, sich durch das Gebüsch schlug. Nach einigen Minuten hörten wir einen zweiten Klatscher. Der Mann kam langsam zurück und kletterte zu uns hoch.

»Da seid ihr ja immer noch!«

Er setzte sich ins Gras, lehnte sich mit dem Rücken an die Birke. Wir blieben erst einmal stehen. Ich hatte keine Ahnung, was noch kommen würde.

»Schade, dass Leonhard weg ist.«

Woher weiß er bloß seinen Namen?, schoss es mir durch den Kopf. In dem Augenblick wusste ich, wer der Mann war.

»Verdammt! Bist du der Willi? Ich dachte, du bist in Gefangenschaft«, platzte es aus mir heraus.

»Na, endlich ist bei dir der Groschen gefallen. Seit ein paar Tagen bin ich aus dem Lazarett raus. Vorher Gefangenschaft. Konntest du ja nicht wissen.«

»Und was willst du hier?«, fragte ich verwirrt.

»Hab ich doch gesagt. Die Beine vertreten. Meine Pistole wegschaffen.«

Ich sah ihn an, weil er nicht wirklich auf meine Frage geantwortet hatte. Er ließ sich aber Zeit, bevor er ganz ruhig zu sprechen begann.

»Ich habe mich mal ein bisschen in Klausen und bei euch im Dorf umgehört, was so alles passiert ist und was diese verdammte Bande so planen könnte. Jetzt, wo Günter wieder da ist. Dass sie ihn so mies behandelt haben, weil sie ihn für bekloppt halten … Und plötzlich lassen sie ihn mitspielen und laden ihn freundlich ein, mit ihnen in den Wald zu kommen? Da dachte ich mir, hier stimmt doch was nicht! Seine Mutter freute sich, dass er endlich Freunde hat. Ich war mir da nicht so sicher!«

Er grinste böse.

Wir blieben stehen, wo wir waren, vielleicht zwei Meter von ihm entfernt. Erwin hockte sich hin.

»Woher haben Sie gewusst, dass wir hier im Wald waren und was machen wollten?«

Willi griff in seine Jackentasche und holte seine Zigaretten heraus. Er nahm die letzte Kippe, zerknüllte die Packung und warf sie weg.

»Ich wusste nur, dass ihr Günter eingeladen habt, sonst gar nichts! War nur so eine Vermutung. Günters Mutter hat mich in Lüneburg im Lazarett besucht und mir von eurer Heldentat mit Günter erzählt. Er lag in der Klinik nebenan, zu Untersuchungen. Günters Vater war mit mir an der Front, später in Gefangenschaft. Habe ihm versprochen, mich um seinen kleinen Scheißer zu kümmern. Bis mein Kamerad entlassen wird.« Er stand auf und legte einen Arm um Günter. »Der Junge hat schwierige Zeiten hinter sich. Deshalb wirkt er ein bisschen plemplem. Aber er ist schon wieder gut drauf. Was, Günter?«

Günter lächelte verlegen.

Eigentlich hätte ich ihn sofort erkennen müssen. Von dem Uniform-Foto auf Tante Margaretes Küchenbord! Aber SS-Männer erkennt man nicht wieder, wenn sie keine Uniform anhaben.

Ich spürte eine unglaubliche Erleichterung, weil ich hier plötzlich mit einem Verwandten saß. Es konnte immer noch schlimm kommen für uns, wegen dem, was wir mit Günter gemacht hatten. Und heute vorgehabt hatten. Willi hatte auf Erwins Frage bisher nicht richtig geantwortet.

»Warum hast du Leonhard die Pistole gegeben?«, fragte ich, und ich wusste, dass ich deswegen wütend auf ihn war. »Und warum hast du vorgeschlagen, wie wir ihn – du weißt schon? – Wie wir es anstellen sollten?«

Willi antwortete ganz langsam, sah dabei zu uns hoch, blinzelte gegen das Licht.

»Ihr solltet endlich selbst begreifen, was ihr da vorhattet!«

Das Schweigen, das jetzt folgte, wurde nur von einem Kuckuck unterbrochen. Weit entfernt.

»Und wenn wir es doch …? Als Sie weg waren …?«, fragte Erwin.

Willi antwortete nicht richtig auf die Frage. »Fast hättet ihr die Kurve nicht mehr gekriegt, vermute ich. Keiner hatte den richtigen Mumm, nicht mitzumachen! So etwas passiert schon mal, da kenne ich mich aus. Braucht euch nicht zu schämen …«

Er strich sich wieder über die linke Seite seines Gesichtes. »Die Pistole war nicht geladen. Bin doch nicht blöd! Außerdem war ich die ganze Zeit in der Nähe.«

»Was ist mit Günters Mutter? Wenn sie davon erfährt?«

»Was soll ich der denn erzählen? Wie ich hier im Wald ein paar Scheißer getroffen habe, die ziemlich durcheinander waren?« Er lachte und Günter grinste. »Was wollte eure Freundin denn mit dem Ballermann machen? Das habe ich noch nicht herausgefunden. Etwa Günter erschießen? Bumm! Bumm!?«

Ich stotterte, als ich es erklärte.

»Luise sollte es verhindern. Falls Leonhard es doch machen wollte.«

»Ich hatte tatsächlich Angst, sie würde mich erledigen. Den Krieg habe ich einigermaßen überstanden und werde dann von einem Dorftrampel umgelegt … Wem gehört eigentlich der Karabiner ?«

»Unserem Onkel. Er hatte ihn in der Scheune versteckt.«

»Du hast ihn hierher gebracht?«

»Klar! Wer sonst.«

»Jetzt ist er weg.«

»Wenn Onkel Rudolf davon erfährt, schickt er mich nach Hause«, sagte ich leise.

»Keine Sorge. Von mir erfährt niemand etwas.« Er schwieg fast eine Minute lang, bevor er weitersprach. »Einer von euch macht einen Besuch bei Leonhard und seiner Mutter. Dem Jungen geht's jetzt nicht gut, könnte ich mir denken. Der ist auch nur ein armer Sack! Seine Mutter steht ganz allein, und nie genug zu fressen für die Kinder. Hat man mir erzählt. Sie will Leonhard in eine Erziehungsanstalt stecken. Weil sie ihn nicht mehr im Griff hat. Dann kann er gleich Berufsverbrecher werden. Vielleicht gelingt es, ihm aus der Patsche zu helfen. Wird nicht einfach sein, aber man sollte es versuchen. Vielleicht ist Leonhard ganz in Ordnung.«

Dann stand Willi auf, putzte sich Grasreste von der Hose und drehte sich zu uns.

»Was ist, Freddy? Wir anderen gehen mit Günter.«

Mir schnürte es den Hals zu. Was sollte ich Leonhards Mutter sagen?

»Wie soll ich das machen?«, stotterte ich.

»Hosen runterlassen. Was sie noch nicht von Leonhard weiß, erzählst du ihr. Manchmal hilft nur die Wahrheit. Damit wäre dann die Geschichte erledigt!«

Ich sah ihn fragend an. »Was meinst du mit erledigt?«

»Kommt ein Stück weg von hier, mich stört der faulige Gestank von der Moorgrube.«

Wir gingen an den aufgetürmten Torfhaufen vorbei in Richtung Hünengräber. Wir waren alle noch ziemlich durcheinander.

»Ihr wolltet es nicht tun, oder?« Willi kramte in seinen Taschen, aber seine Zigaretten waren alle.

Wir schüttelten die Köpfe.

»Nein!«, sagte Luise.

»Gut. Trotzdem hättet ihr fast mitgemacht.«

»Wegen Leonhard!«, sagte Manni.

»Schieb ihm das nicht in die Schuhe! Er war nur derjenige, der die größte Angst hatte. Vor den Folgen, wenn Günter quatschen würde. Er hatte außerdem, vermute ich mal, den Mund ziemlich voll genommen. Sich als der große Macker aufgespielt. Warum habt ihr denn mit niemandem darüber gesprochen? Mit einem Erwachsenen? Einem eurer Väter?«

»Hier gibt es nur wenige Väter, und die prügeln wie die Bekloppten«, sagte Manni.

»Ich wollte ja«, sagte ich. »Hab ich auch versucht.

Mit Fritz. Er wüsste alles, sagte er. Aber es wäre unser Problem, und wir müssten selbst wissen, wie wir das in Ordnung bringen.«

»Stimmt ja auch, oder?«

»Wir hatten Angst, wir wussten nicht, wie man da rauskommt.«

Willi lächelte jetzt nicht mehr, sprach ganz ernst und eindringlich. »Das kann passieren, auch bei Erwachsenen.«

Damit wandte er sich zum Gehen. Den letzten Satz ließ er einfach in der Luft hängen. Er blieb an der Straße noch einen Augenblick stehen, drehte sich halb um, weil Walter ihm eine Frage hinterhergerufen hatte.

»Und wenn jemand Jude ist? Oder blöd?«

»Was soll das denn jetzt, Junge?«

»Na ja, weil man sie umgebracht hat. Weiß doch jeder!«

»Darüber möchte ich mit Kindern nicht reden. Das gehört nicht hierher!« Er starrte einen Moment lang vor sich hin, wischte sich über sein zuckendes Gesicht und flüsterte beinahe: »Irgendwann vielleicht …«

Dann sagte er nur noch: »Keiner von euch verliert ein Wort über das, was in der letzten Stunde passiert ist! Vor allem nicht Günters Mutter. Sonst macht sie sich unnötige Sorgen.«

»In Ordnung!«, sagte Luise.

»Bringt jetzt Günter nach Hause. Seine Mutter hat Butterkuchen gebacken. Vielleicht gibt sie euch Verbrechern ein Stück ab. Und lasst etwas für Freddy übrig.«

Er sagte, er würde ein bisschen hierbleiben. Er gab uns allen die Hand. Vielleicht wollte er so unsere Abmachung bekräftigen.

»Wir sehen uns bald. Viel Glück!«, sagte er zu mir und strich mir über das Haar. Dann ging er in Richtung Weidendorf davon.

Den halben Weg über sprachen wir nicht. Warum hatte Willi ausgerechnet mir den Besuch bei Leonhard aufgehalst?

Plötzlich fragte Erwin: »War der auch bei der SS? Waren eigentlich alle Männer dabei?«

»Nicht alle von hier, aber viele. Wegen Reiterverein und Uniform und so«, sagte Manni. »Leonhards Vater nicht, war nur einfacher Soldat.«

Günter sagte nichts. Wir folgten schweigend dem sandigen Sommerweg. Auf dem die Erntewagen fuhren, weil sie auf dem Kopfsteinpflaster zu sehr rappelten. Kurz vor unserem Dorf bog ich ab, die anderen gingen weiter in Richtung Klausen. *Die haben es gut,* ging es mir durch den Kopf.

16

Leonhards Mutter war eine kleine, drahtige Frau. Immer wenn ich sie bisher gesehen hatte, war sie emsig mit irgendwelchen Arbeiten beschäftigt. Mehr als *Guten Tag* hatte ich bisher kaum mit ihr gesprochen, wenn sie abends mit der Milchkanne bei uns an der Kuhstalltür auftauchte. Als ich durch das Gatter auf ihren Hof kam, kniete sie vor einem Berg Kartoffeln und warf kleine und große in verschiedene Körbe. Graue dünne Haare fielen ihr über das Gesicht. Sie sah nicht auf, ich war aber sicher, dass sie mich bemerkt hatte. Ich blieb bei ihr stehen. Sie arbeitete weiter, als sei sie allein. Wie sollte ich das Gespräch beginnen? Leonhard und seine Schwestern waren nicht zu sehen. Sie half mir aus meiner stummen Verlegenheit, wenn auch nicht gerade freundlich.

»Willst du deinem Spießgesellen Leonhard beim Packen helfen? Er hat mir alles erzählt. Mir reicht es! Ab in die Erziehungsanstalt! Am besten, du und die anderen Verbrecher verschwinden auch gleich mit!«

Ihre Stimme hörte sich ziemlich giftig an. Ihre Hände arbeiteten rastlos weiter. Sie zitterten jetzt ein bisschen.

»Wie kommt ihr dazu, euch hier wie die Landsknechte aufzuführen? Einen kleinen Jungen so zu quälen! Ohne Grund! Nur weil er behindert ist und ihr ein paar Eier klauen wolltet. Ich bin fassungslos! Was sagt denn dein Onkel dazu?«

Jetzt blickte sie kurz auf. In ihrem Blick sah ich keinen Zorn, nur Trauer und Müdigkeit. Mir war, als wankte der Boden unter mir. Sie hatte sich wieder den Kartoffeln zugewandt.

Weil ich keine Antwort wusste, kniete ich mich auch hin, sortierte die kleinen Kartoffeln aus, schob die dickeren in ihre Reichweite oder warf sie direkt in den passenden Korb. Ich wurde mit der Zeit immer flinker. Nebeneinander knieten wir da und arbeiteten. Schweigend. Der Korb mit den dicken Kartoffeln war voll.

»Wo kommt der Korb hin?«, fragte ich und stand auf.

»In den Schuppen! Hinter den Bretterverschlag.«

Ich hob den schweren Korb hoch, brachte ihn weg und leerte ihn aus. Dann arbeiteten wir weiter, vielleicht zehn oder fünfzehn Minuten lang. Das kann eine verdammt lange Zeit sein, wenn man nicht weiß, was man sagen soll.

»Was willst du?«

Ich unterbrach die Arbeit nicht, während ich sprach. »Die anderen sind zu Günters Mutter. Wir bringen das in Ordnung«, sagte ich leise.

»Ihr wolltet ihn umbringen? Hab ich da mein Früchtchen richtig verstanden?«

»Nein, nicht wirklich. Wir haben nur davon geredet. Weil wir Angst hatten. Wir alle! Ich glaube nicht, dass Leonhard es wirklich wollte. Und wir anderen auch nicht.«

Wir machten schweigend weiter. Ich stand auf und brachte den nächsten Korb in den Schuppen. Sie musste schon lange gearbeitet haben, denn da lagen einige Zentner. So eine Familie mit vier Personen verbraucht eine Menge! Ich kniete mich wieder zu ihr, der Haufen wurde langsam kleiner.

»Was heißt das: *Nicht wirklich*? In die Hosentaschen pinkeln! Und dass ihr ihn unter die Lore gesteckt und dann Steine geschmissen habt, war das auch *nicht wirklich*?«, fragte sie nach einer Pause.

Leonhard hatte also klaren Tisch gemacht, nichts ausgelassen.

»Es ist einfach passiert. Leonhard hat nicht mehr Schuld als wir anderen. Schicken Sie ihn nicht in diese Anstalt.«

»Hat er dir gesagt, du sollst mit mir sprechen? Mich rumkriegen auf die freundliche Tour?«

»Nein!«

»Du willst, dass er hierbleibt?«

»Ja!«

»Und wenn er wieder Scheiße baut?«

»Macht er nicht! Bestimmt!«

»Wer garantiert mir das?«

»Ich!«

In dem Augenblick war mir egal, worauf ich mich einließ.

»Wer hat dich geschickt?«, fragte sie schließlich und blickte kurz auf.

»Willi!«

»Wer ist Willi? Etwa dieser herumstreunende Kerl?

Der mit den fabelhaften Vorschlägen, wie man ein Kind umbringt?«

»Das hat er doch nicht so gemeint! Der wollte nur, dass wir verstehen … Ein Vetter von mir. Spätheimkehrer.«

»Aha!«, sagte sie.

Wir arbeiteten weiter.

»Was hat dieser Willi denn damit zu tun?«

»Eigentlich nichts. Er war zufällig im Wald, wollte mal gucken, was wir so vorhätten mit Günter. Weil er seine Mutter kennt. Meinte, ich soll mit Leonhard sprechen.«

»Was willst du ihm sagen?«

»Was ich Ihnen gerade versprochen habe.«

»Meinst du, auf dich hört er?«

»Ja!«

»Soll ich dabei sein?«

»Nein! Besser nicht!«

»Warum nicht?«

»Ich will ihn etwas fragen. Etwas Persönliches.«

Sie sah nicht auf, ihre Hände flogen von einer Kartoffel zur nächsten. Ich arbeitete auch weiter, als ich beinahe flüsterte:

»Er sagte, er hätte immer so eine Wut.«

Es war mir schwergefallen, das herauszubringen. Ihre Hände wurden langsamer, als sie leise etwas dazu sagte.

»Das weiß er selbst nicht, Freddy. Das kann er mit seinen zwölf Jahren nicht begreifen! Du vielleicht auch nicht.«

Sie unterbrach die Arbeit und sah mich an. Ihre Hände

lagen jetzt auf dem Kartoffelsack, den sie sich wie eine Schürze umgebunden hatte.

»Aber ich weiß es! Er ist wütend, weil sein Vater tot ist. Er ist wütend, weil der nicht einmal als Held gestorben ist wie andere. Er ist wütend, weil wir hier in einem Stall wohnen müssen und kaum genug zum Essen haben. Er ist wütend, weil Flüchtlinge schief angesehen werden. Er ist wütend, weil er nichts dagegen tun kann. Obwohl er meint, als einziger Mann im Haus sei das seine Aufgabe. So sieht er das. Das macht ihn hilflos und wütend. Deshalb hat er immer die große Fresse und dreht manchmal durch.«

»Kann man was dagegen tun?«, fragte ich leise.

»Nein! – Ich weiß es auch nicht, mein Junge. Nun geh! Leonhard ist im Schlafzimmer und packt seine Sachen. Sag ihm, er soll alles wieder auspacken. Und dann sag ihm, was du zu sagen hast.«

Sie streckte ihren Rücken, starrte auf den Rest des Kartoffelhaufens und fuhr mich an.

»Was ist? Mach schon!«

»Kann er bleiben?«

»Bist du blöd, oder wie? Warum sollte er wohl sonst wieder auspacken? «

»Wir machen erst die Kartoffeln zu Ende. Dann …«

In dem Augenblick kam Leonhard aus dem Haus. Da gab es keine richtige Haustür, eher eine Stalltür, die zu ihrer Wohnung führte. Scharniere, wie bei uns am Pferdestall. Als er mich sah, blieb er stehen. Er war sehr blass, so kannte ich ihn nicht. Ich sah Überraschung und Schreck in seinem Gesicht. Vielleicht hatte er gehört, dass jemand mit seiner Mutter sprach. Er sagte nichts.

Die letzten Kartoffeln flogen in die Körbe. Ich brachte den Rest wortlos in den Schuppen und griff mir einen Besen. Als ich wieder auftauchte, war Leonhards Mutter im Haus verschwunden. Ich fegte den Dreck von den Kartoffeln vom Hof an die Seite. Als ich seinen unsicheren Blick sah, sagte ich nur:

»Du kannst deine Sachen wieder auspacken! Es ist alles in Ordnung. Ich wollte noch was mit Günter besprechen. Kommst du mit?«

Er schüttelte den Kopf. »Besser, ich bleibe jetzt hier«, sagte er.

Ich rannte los nach Klausen. Hoffentlich waren die anderen noch da. Ich hatte keine Lust, allein mit Günters Mutter zu sprechen. Dann würde ich wieder wie ein Idiot dastehen. Ich stieß die Eingangstür auf und hastete die Treppe hoch. Sie saßen noch alle in der Küche und süffelten irgendwelchen Saft. Ein letztes einsames Stück Butterkuchen lag auf dem großen Teller. Meine Freunde und Luise hatten richtig hingelangt.

»Das ist für dich«, sagte Günter.

Er begleitete uns nach draußen, seine Mutter hatte ich nicht zu Gesicht bekommen. Ich blieb ein bisschen zurück, weil ich ihm etwas sagen wollte, was die anderen nicht unbedingt hören sollten. Ich war ziemlich aufgeregt. Vielleicht kennst du das: Man möchte etwas Bestimmtes sagen, aber man sagt etwas völlig anderes.

»Hast du das ernst gemeint, dass Lotte Trakehnerblut hat?«

»Sicher! Sogar eine Menge.«

Günter sah mich kurz an, es war nur ein Blick. Vielleicht ahnte er, was ich eigentlich wissen wollte.

»Was hat deine Mutter gesagt?«

»Sie meinte, nach unserem Abenteuer hätten wir sicher Hunger«, sagte er.

»Was noch?«, wollte ich wissen.

»Sie hat gefragt: Wie war es denn? Da hab ich gesagt: Ganz gut. Ich hätte nicht alles verstanden, was geredet wurde und was da los war. Und dass wir über Lotte gesprochen hätten.«

Ich glaubte nicht wirklich, dass Günter nichts mitgekriegt hatte. Vielleicht war er ein ganz durchtriebener Typ und wir hatten das nur noch nicht begriffen. Seine Mutter hatte keine weiteren Fragen gestellt. Da war ich sicher, dass die Sache erledigt war. Ich hatte auch nicht alles verstanden, was Leonhards Mutter mir gesagt hatte. Auch nicht, was Willi so alles von sich gegeben hatte. Ich würde noch darüber nachdenken.

17

Als ich spätnachmittags auf unseren Hof kam, war ich erschöpft, aber guter Dinge. Opa humpelte durch den Garten, Annemarie saß unter dem Birnbaum und las in der Zeitung. Sie winkte mir zu. Ich ging in den Pferdestall, holte einen Scheffel Hafer und stand bei Lotte, während sie mit ihrem großen Maul die Körner aufnahm und kaute. Ihr Kopf bewegte sich dabei hin und her, ein Zeichen, dass es ihr gut ging. Oder vielleicht wollte sie auch nur Fliegen von den Augen vertreiben. Hafer ohne Hecksel mögen Pferde am liebsten. Ist aber nicht gut für sie. So als würden wir dauernd nur Kuchen essen.

Vielleicht durfte ich am nächsten Sonntag noch einmal allein ausreiten. Besser nicht zur Torfkuhle. Da stank es. Unsere Wiese beim Heidmoor war besser und auch der Wald. Auf den Waldwegen konnte man richtig Tempo machen. Vielleicht konnte ich bei Günter vorbeireiten. Der verstand wenigstens etwas von Pferden.

Da öffnete sich die Stalltür. Luise. Sie war noch nie hier gewesen. Sie blieb erst einmal im Türrahmen stehen.

»Dein Pferd füttern?«

»Guck sie dir an! Lotte hat Trakehnerblut. Das hat einer festgestellt, der was von Pferden versteht«, sagte ich.

Sie kam näher und kraulte Lotte am Hals.

»Meinst du, ich hätte Leonhard umgelegt, wenn es nicht anders gekommen wäre?«

»Weiß nicht«, sagte ich. Ich wollte eigentlich nichts mehr davon hören und nicht daran denken.

»Bevor der Günter ersäuft hätte, hätte ich es getan, Freddy! Das Ding war geladen!«, sagte sie und grinste. »Hat ganz schön gekracht, als ich abgedrückt habe, oder? Ich wollte einfach mal richtig Schießen ausprobieren. Das war vielleicht ein Schlag gegen die Schulter, sag ich dir! Ich wäre fast auf den Arsch gekippt!«

»Ich glaube, Walter hat sich vor Schreck in die Hose gemacht. War alles ganz nass.« Wir mussten beide lachen.

»Ich hatte einen Moment Angst, du hättest Willi aus Versehen umgelegt.«

»Mit Munition hatte ich noch nie geschossen. Unter dem Weihnachtsbaum damals machte es beim Abdrücken nur Knack. Jetzt habe ich auf einen Zweig gezielt. Aber daneben.«

Ich überlegte, ob ich es ihr sagen sollte.

»Wenn du nicht rechtzeitig gekommen wärst, hätte ich Leonhard ins Wasser gestoßen, bevor er es getan hätte.«

»Dann wäre er ersoffen!«

»Nicht unbedingt. Daran habe ich gar nicht gedacht. Willi denkt übrigens nicht so schlecht von Leonhard. Ich eigentlich auch nicht mehr.«

»Ein bisschen verrückt ist dieser Willi schon. Vielleicht hat er aber recht, was Leonhard angeht. Hast du mit Leonhard gesprochen?«

»Ich habe seiner Mutter geholfen, Kartoffeln zu sortieren. Dabei haben wir dies und das geredet.«

»Kommt er in die Anstalt?«

Ich schüttelte den Kopf. »War knapp davor.«

Schorse schnaufte und reckte ungeduldig seinen Kopf in den Gang. Ich gab ihm auch eine Handvoll Hafer. Er sollte nicht leer ausgehen, während Lotte genüsslich mampfte.

»Ist ganz in Ordnung, dieser Willi. Ich wünschte, ich hätte so einen Vetter. Oder Bruder. Egal!«

Sie hatte nicht danach gefragt, aber ich war sicher, sie wollte es wissen. »Jetzt ist alles vorbei. Der Streit, meine ich.«

»Hat Leonhard zu Hause alles erzählt?«, fragte Luise.

»Alles. Er war schon beim Packen seiner Sachen.«

»Erzähl!«, forderte sie mich auf.

»Ein andermal«, sagte ich.

Sie reagierte nicht sauer. »Der Butterkuchen war lecker. Günter hatte keinen Rotz mehr an der Nase. Ist mir aufgefallen.«

»Hast du eigentlich keine Verwandten mehr?«

»Nein.«

Wir verließen den Pferdestall und setzten uns auf die Bank unter dem Birnbaum. Ich war, ich weiß nicht weshalb, verlegen. Wenn ich mich hier umschaute, fand ich es schade, dass Luise keine Verwandten hatte. Irgendwann, nahm ich mir vor, würde ich sie fragen, was aus ihnen geworden war. Vermutlich der Krieg.

Die Hühner steuerten schon auf ihren Stall zu, nur die Enten gurgelten noch in der schmierigen Brühe auf der

Wiese. Annemarie kam aus der Küche, hinter ihr Willi, Gustav und Fritz. Alle herausgeputzt. Weil Sonntag war und sie vielleicht noch zum Tanzen wollten.

Willi strich mir über den Kopf, ich sah ihm an, dass er nichts verraten hatte. So einer macht so was nicht.

»Alles klargegangen?«, fragte mich Willi leise.

Ich nickte.

»Wer bist du denn?«, fragte Gustav und gab Luise die Hand. »Freundin von Freddy?« Er zwinkerte mir zu.

»Luise von nebenan«, sagte ich.

»Also ich geh jetzt mal. Abendbrottisch decken.« Damit verabschiedete sich Luise und hüpfte über den Hof, als übe sie Seilspringen ohne Seil. Ich sah ihr nach, bis sie an der Ecke beim Hof ihres Bauern verschwunden war. Ich war fast sicher, wir könnten uns mit Leonhard wieder anfreunden.

War schon ein starkes Stück, seiner Mutter alles zu erzählen. Ich an seiner Stelle hätte sicher die Hälfte verheimlicht.

Die SS-Männer hatten allgemein keinen guten Ruf, hatte ich oft gehört. Willi war einer davon. Mir war das egal. Er war anders, und Gustav auch. Wenn man jemanden genauer kannte, redete man nicht mehr das, was man sonst so redete. Für Günter und dass er bekloppt sein sollte galt das auch. Ich war mir aber nicht sicher, ob man das vergleichen konnte.

Gustav würde bald heiraten, sagte er mir an diesem Abend. Zur Hochzeit sei ich ausdrücklich eingeladen. Um mir das zu sagen, hatte er mich vor die Tür gebeten, weil es nur für mich bestimmt war.

Ein schlechter Mensch lädt kein Kind zu seiner Hochzeit ein, so viel steht für mich fest! Erst viel später habe ich mehr über ihn erfahren. Keine schönen Sachen aus dem Krieg. Trotzdem werde ich ihn immer gern haben. Schon wegen der Einladung.

Über den Karabiner wurde bis zum Ende meiner Zeit im Dorf nicht geredet. Vielleicht hatte mein Onkel ihn längst vergessen.

Erklärung einiger wenig bekannter Ausdrücke

Dachau.

Stadt nordwestlich von München. Hier errichtete die nationalsozialistische Regierung 1933 durch die SS ein Konzentrationslager (KZ). Zunächst war es nur für politische Gefangene (Schutzhaft) gedacht, wurde dann aber ab 1939 auch für Juden und andere rassisch Verfolgte genutzt. Im KZ Dachau kamen nach Schätzungen mehr als 41.000 Menschen ums Leben, Tausende kurz vor der Befreiung durch die amerikanischen Truppen im April 1945.

Fahnenflucht (Desertion).

Strafbares Fernbleiben der Soldaten von militärischen Verpflichtungen; schon der Versuch galt unter der nationalsozialistischen Diktatur als strafbar. Mehr als 23.000 Deserteure wurden während des Zweiten Weltkriegs hingerichtet.

Karabiner.

Ursprünglich ein Leichtgewehr für berittene Truppen. Karabiner gab es im Zweiten Weltkrieg in verschiedenen Ausführungen.

Kippe-Kappe.

Ein Spiel für Kinder, das vermutlich nur im Wendland bekannt ist und bis heute gespielt wird. Der »Kippe-Kappe« ist ein 10 bis 15 cm langes Stück Holz mit fünf Seitenflächen, auf die jeweils ein Wert eingeschnitzt ist, meist in römischen Ziffern: I (1) bis V (5) oder X (10) bis L (50). Beide Enden laufen spitz zu. Mit einem Schlagstock verursacht der Spieler, dass der KK in die Luft wirbelt, mit dem Schlagstock muss er vom Spieler aus der Luft möglichst weit fortgeschlagen werden. Die Weite, gemessen in Schritten, zählt, ebenso die obenauf liegende Zahl.

Kittchen, Knast.

Volkstümliche Ausdrücke für Gefängnis.

Klopphengst (auch Spitzhengst).

Bezeichnung für Hengste, bei denen ein oder beide Hoden in der Bauchöhle oder im Leistenkanal stecken. Es handelt sich um einen (vererbbaren) Geburtsfehler, der nur schwer durch Operationen behoben werden kann.

Manchesterhose.

Frühere Bezeichnung für Cordhosen, benannt nach der englischen Industriestadt. In den 60er Jahren Bezeichnung für

Stoffhosen, die oben eng anlagen und unten ausgestellt waren.

Tommy.

Volkstümliche Bezeichnung für Engländer.

Trakehner.

Bedeutende deutsche Zucht von Warmblutpferden (aus dem Schweikenpony, eingekreuzt mit arabischen und englischen Vollblütern), benannt nach dem ostpreußischen Ort Trakehnen. Anfänge der Zucht als Zug- und Militärpferd gehen bis ins 13. Jahrhundert zurück, der Zeit des Deutschritterordens. 1732 gründete König Friedrich-Wilhelm das T-Zuchtamt. Die für Dressur- und Vielseitigkeitssport tauglichen Trakehner werden heute auch in der Bundesrepublik und vielen Ländern der Erde gezüchtet. 1945 kamen mit den Flüchtlingstrecks nur 575 Stuten und 45 Hengste nach Deutschland.

Volkssturm.

Ab dem 18. Oktober 1944 wurden Männer zwischen 16 und 60 zum Heimatschutz verpflichtet, um die Wehrmachtstruppen (vor allem im Osten) zu verstärken. Sie erwiesen sich als militärisch wirkungslos, weil nicht einmal ein Bruchteil der Volkssturm-Männer mit Waffen ausgerüstet werden konnte.

Vollgummi-Reifen.

Nach Kriegsende 1945 waren Fahrradschläuche und -mäntel nicht zu bekommen. Man behalf sich mit Reifen aus Hartgummi.

Waffen-SS. Totenkopf.

Eine Division der deutschen Waffen-SS im Zweiten Weltkrieg. Sie war berüchtigt wegen ihrer Aufgaben in Konzentrationslagern und rücksichtsloser Kriegsführung.

Wallach.

Ein Hengst (Pferd oder Esel), dem beide Hoden kastriert wurden; er ist nicht zeugungsfähig. Das Wort leitet sich ab von der Region Wallachei (Rumänien). In östlichen Ländern war Kastrierung zuerst üblich, weil Hengste in Pferdeherden wegen ihres Sexualtriebs Unruhestifter sind.

Maria Luisa Witte

wurde 1974 in Buenos Aires geboren und hat in Hamburg Illustration und Kommunikationsdesign studiert.

Seit 2001 waren ihre Arbeiten in zahlreichen Ausstellungen in Deutschland, England, Österreich, Schweiz, Japan und Polen zu sehen. Sie ist Mitherausgeberin des 2004 gegründeten Magazins »Spring«.

Herrman Schulz

wurde 1938 in Ostafrika geboren und wuchs auf einem Bauernhof im Wenland und am linken Niederrhein auf. Als Nachfolger von Johannes Rau leitete er von 1967 bis 2001 den Peter Hammer Verlag in Wuppertal. Reisen führten ihn in mehr als 50 Länder.

Ab 1998 erschienen seine ersten Romane (u. a. »Auf dem Strom«, »Iskender«, »Sonnennebel«, »Flucht durch den Winter«, »Wenn dich ein Löwe nach der Uhrzeit fragt«, »Mandela & Nelson – Das Länderspiel«, »Mandela & Nelson – Das Rückspiel«) und einige Bilderbücher (u. a. »Die schlaue Mama Sambona«). Seit 2001 widmet er sich ganz dem Schreiben von Kinder- und Jugendbüchern. Mehrfach wurden seine Bücher für den deutschen Jugendliteratur-Preis nominiert und erhielten nationale und internationale Auszeichnungen. Sie sind in zwölf Sprachen übersetzt. 1981 wurde ihm der Von der Heydt-Kulturpreis der Stadt Wuppertal und 1998 die Hermann-Kesten-Medaille des deutschen P.E.N.-Zentrums verliehen. »Mandela & Nelson« erhielt 2012 den französischen Prix Sorcières und 2013 den Prix Kilalu.

1 2 3 4 17 16 15 14

Umschlagillustration von Maria Luisa Witte
Herstellung: Karin Kröll
Lithografie: Margit Dittes Media, Hamburg
Satz aus der Amasis Mt Std
und der Lightline Gothic Mt Std
ISBN 978-3-8489-2035-8
Printed in Latvia

www.aladin-verlag.de